長編小説

はじらい未亡人喫茶

草凪 優

竹書房文庫

目次

※この作品は竹書房文庫のために
書き下ろされたものです。

第一章　わたしをもらって

1

昔の喫茶店が好きだった。

いまどきのチェーン系カフェとは違い、どの店にも個性があり、気に入った空間を探しだすのが楽しかった。

いちばんよく行っていたのは、もう三十年近く前になる。大学四年のころだ。単位をあらかた取っていたので時間に余裕があったし、将来について思い悩んでいる時期でもあった。

砂糖もミルクも入れないブラックコーヒーは、考え事の相棒として最適だった。まずは香りを楽しみ、次に熱いひと口を味わって、店内にかかっている音楽に身を委《ゆだ》ねる。ジャズもいいが、クラシックならもっといい。

社会人になってからは、モーニングサービスをよく利用した。薄切りのトーストに卵料理にミルクティー。基本的にはコーヒー党なのだが、トーストには甘い紅茶のほうが合うと思う。イングリッシュ・ブレックファーストである。

「どうですかー？」

「けっこうイケてると思いますけど」

更衣室からリサとマキがいそいそと出てきたので、伊庭賢太郎《いばけんたろう》はまぶしげに眼を細めた。

「似合ってる……ああ、とっても素敵だよ……」

リサとマキはメイド服を身にまとっていた。黒いワンピース、白いエプロン、臙脂《えんじ》色のリボン、白いフリルのカチューシャ。

子供が小遣いで買えるような安物ではない。生地やボタンなどの素材を吟味《ぎんみ》し、手間もお金もかけてハンドメイドしたものである。

秋葉原あたりのメイドカフェでは半袖《そで》・ミニスカートが主流らしいが、ここ〈喫茶メイド・クラシック〉では長袖・セミロングのスカートで、清楚な路線を目指したい。露出が多いと品がなくなるし、賢太郎自身が眼のやり場に困る。

賢太郎は五十歳。

この春、二十八年間勤めていた信用金庫をやめた。定年までまだずいぶん時間があったし、上司や同僚には引き留められたが、賢太郎の決意は固かった。

仕事が嫌になったわけではない。シリアスな人間関係のトラブルがあったわけでもない。

三年前、妻の果歩子《かほこ》が亡くなった。癌だった。見つかったときにはすでに手の施しようがなく、ひと月後にはあっさりこの世を去っていった。

その果歩子が言っていたことを思いだしたのだ。

「将来はふたりでメイド喫茶でもやりたいね」

果歩子は裁縫が得意で、近所のクリーニング屋から洋服の直しをする仕事を受けていた。自分の服もよくリメイクしていたが、それだけでは飽き足らず、亡くなる数年前からメイドの衣装をつくりだした。自分が着るわけではなく、眺めて楽しんでいるだけなのだが、凝《こ》りに凝ってつくるので、中世を舞台にしたヨーロッパの映画にでも出てくるような完成度だった。

「わたしたち、子供ができなかったじゃない？　メイド喫茶をやれば、娘みたいな年ごろの女の子が綺麗に着飾ってるのを見られるから……夢かしらねえ……」

昔の喫茶店は好きだが、メイド喫茶になんて興味がなかった賢太郎は苦笑するしかなかった。当時はまだ四十代半ばだったし、将来、つまり定年退職後のことをリアルに想像したこともなかった。

しかし、五十の声を聞いてみると、このまま漠然と定年まで働いているだけの人生でいいのだろうか、と思ってしまった。

果歩子があまりにも突然亡くなってしまったので、直後はただ呆然としていただけだったが、時間が経つほどに喪失感が強まっていった。

果歩子はたったひとりの家族だった。唯一無二の伴侶《はんりょ》を失ったのに、いままでと同じ毎日を送っていてもいいのだろうか……。

自宅のクローゼットには、果歩子が残していったメイド服が、三十着以上眠っていた。果歩子が生きているときは手入れを怠《おこた》っていなかったが、亡くなって三年も経つとカビが生えているものが何着か見つかった。

賢太郎はあわててすべてのメイド服を陰干しした。裏庭の物干しに立派なメイド服が三十数着もぶら下がっている光景は、壮観としか言い様がなかった。ぼんやり眺めていると、娘くらいの若い女の子が、それをまとって給仕をしているところが眼に浮かんできた。

夢のような景色だった。

プロ野球選手になりたいとか、歌って踊れるエンターテイナーを目指したいとか、賢太郎は小さいころから、そういう子供らしい夢を見たことがなかった。五十歳になって初めて、現実離れした大それた夢を見ることができた気がした。

夢は実現させるためにある。

信用金庫をやめてメイド喫茶を始めるなんて、我ながら馬鹿げた行動だと思ったが、生活を一八〇度変えてみるのも悪くないと思った。実のところ、生活ならとっくに一八〇度変わっていた。三年前、妻を失ったときから……。

果歩子の形見を有効利用すれば、彼女の供養にもなるだろう。たいして儲かる必要はない。住んでいるのは都心から四十分ほどかかる郊外だから、近所に店を出しても客なんてあんまり来ないだろうが、それでいい。

子供がいなかったのでそれなりに貯えがあるし、退職金も入ってくる。若いころからコツコツやっている株式投資も順調なので、とんでもない赤字さえ出さなければ、自分ひとりだけの老後には困らない。

駅前商店街のはずれに、気に入った物件を見つけた。元はスナックだったようだが、内壁が煉瓦《れんが》だった。それを活かして、アンティーク調の内装に改装した。

メニューをレトロふうにしたくて、下町の喫茶店を何軒も巡った。厚切りのピザトーストやスパゲティナポリタン、クリームソーダやミックスジュースなど、いまではあまり見かけなくなった懐かしい味を再現するつもりだった。

あとは女の子だった。

果歩子のつくったメイド服をフィーチャーし、ホームページをつくって募集してみたものの、反応はなかった。なんとなく、「メイド喫茶」というのが色眼鏡で見られている気がして悲しくなった。

オープン予定日の前日にあたる今日になってようやく、隣の駅にある女子大に通っているという女の子たちが応募してきた。それがリサとマキだ。他に応募者はなかったし、なにしろ可愛かったので即刻採用を決めた。

　ふたりとも、年は二十歳《はたち》。アイドルグループに在籍していてもおかしくないくらい、抜群の容姿をしていた。小顔で眼が大きくて肌が白い。リサは黒髪のスーパーロングで、マキは茶髪のショート。スタイルもいいので、メイド服が本当によく似合っている。眼福《がんぷく》、という言葉をしみじみと嚙《か》みしめてしまったくらいだ。

　ふたりとも、見た目だけはよかった。

　見た目だけは……。

「なにやってるんだい？」

　リサが鏡に向かって長い黒髪を結びはじめたので、賢太郎は声をかけた。

「ええーっ。せっかくメイド服着てるから、髪型も合わせようと思ってえー」

　リサは頭頂部に近いところで、ふたつ結びにしていた。いまふうに言えば、ハーフアップのツインテール――アニメのヒロインのような髪型である。

「いやいや、うちはアキバの安っぽいメイドカフェじゃないんだ。もっと落ちついた、大人の空間にしたいから、その髪型はやめてくれ」

「それじゃあ、気分出ないですよぉ。お客さんが来たら、『おかえりなさいませ、ご主人さまー』って言うんですよね？」

「言わないよ。『いらっしゃいませ』で充分だ」

「オムライスにケチャップで絵を描いたりは？」

マキが口を挟んできた。

「わたしイラストうまいから、お客さんの前でできますよ。『マキちゃんが魔法をかけてあげるー』とか言って」

「いいんだよ、魔法なんてかけなくて。だいたいこの店のメニューに、オムライスなんてない。あれは子供の食べものだ。うちで出すのはチキンライス！　昭和の味！」

「あり得なーい！」

リサとマキは声を揃えて言った。

「オムライスも『おかえりなさいませ、ご主人さま』もないメイドカフェなんて、メイドカフェじゃないですよ」

「ウエイトレスがメイド服を着ているだけで、あとは普通の喫茶店でいいの。アニメっぽいんじゃなくて、清楚に振る舞ってほしいの。文句があるなら……」

採用を取り消してもいいという言葉が、喉元まで迫《せ》りあがってきた。もちろん、言えなかった。オープン予定日は明日に迫っている。メイドがいなければ、メイド喫茶は成り立たない。看板に偽《いつわ》りありになってしまう。

一方、リサとマキのほうも、「それじゃやめます」とは言わず、もじもじしていた。ふたりをひと目見た瞬間、賢太郎はコンビニやファストフード店よりずいぶんと高い時給を提示した。逃がしてなるものかと思ったからだ。

「まあ、それならそれでいいですけどね……」

リサが諦め顔で言うと、マキもうなずき、

「うちらだって、よかれと思ってお客さんにサービスしようとしたのに、ただのウエイトレスでいいなら、そのほうが楽チン」

その場でくるりと一回転した。メイド服の下には、パニエというアンダースカートを着けてボリュームを出している。もともとふくらんでいたセミロングのスカートが、さらにふわっとひろがった。

「この服とっても気に入ったから、頑張って清楚にやりますよ」

「気に入っただって？」

それは聞き捨てならないと、賢太郎は身を乗りだした。

「キミたち若い子の眼から見ても、そのメイド服、素敵かね？」

「素敵、素敵」

マキがもう一度くるりとまわると、競うようにリサもくるくるまわった。

「わたし何度もメイドのコスプレしたことあるんですけど、もっと生地がぺらっぺらでしたもん」

「あっ、そこのラブホで売ってるやつでしょ？　わたしも着たことある」

「イチキュッパだよね」

「男って、どうしてメイドとやりたがるんだろう？」

「絶対、鏡の前で立ちバックでしょ。正直、またかよ、って思うよね」

啞然としている賢太郎を尻目に、赤裸々すぎる女子トークは続く。

「安っいメイド服でチンコギンギンにしてるの見ると、なんかもう憐れでさ」

「どうせなら、これくらいクオリティの高いメイド服を持ってこいって」

「だよねー。こういうの着せてくれたら、シャワー浴びる前に仁王《におう》立ちフェラとかしてあげるのに」

「マスター、今度このメイド服、借りていってもいいですか？」

「……借りてどうする？」

賢太郎は震える声で訊ねた。

「セックスするに決まってるじゃないですかー」

ねー、とリサとマキが眼を見合わせて笑ったので、

「馬鹿もんっ！」

堪忍袋《かんにんぶくろ》の緒が切れて、雷《かみなり》を落としてしまった。

「そのメイド服は、亡くなったカミさんの形見なんだぞ。千九百八十円で売ってるエッチな小道具とはわけが違う……だいたい、キミらはいったいなんなんだ？　羞《は》じらいというものがないのか？　人前で口にしていい言葉と悪い言葉の区別くらいつけないと、まともな大人になれないからな！」

賢太郎の剣幕に、さすがのふたりもおののいたようで、

「……すいません」

「……ごめんなさい」

身をすくめ、上目遣《うわめづか》いで謝ってきた。素直なところもあるんだな、と賢太郎はほんの少しだけ安堵した。

2

「まったく、近ごろの若い娘はどうなってんだ？」

リサとマキが帰っていっても、賢太郎の心は乱れたままだった。

なるほど、若者が性に関心をもつのは当然のことかもしれない。ふたりとも可愛いので、言い寄ってくる男が多いのは容易に察しがつく。となると、同世代の中では経験豊富なほうなのかもしれず、日常的にラブホテルのようなところに足を運んでいるのかもしれない。

それはいい。いちおう成人していることだし、愛しあう相手がいるなら、裸で抱きあうことを我慢できなくなってもしかたがない。

だが、あの口ぶりはいったいなんなのだ。恋愛の一環としてそれがあるのではなく、まるでセックスそのものを楽しんでいるような……愛する相手じゃなくても、ノリが合ったら即ベッドインとでも言わんばかりな……。

リサやマキにとっては、セックスなんてスポーツのようなものなのかもしれないが、セックスは断じてスポーツではない。

もっと神聖なものだ。

秘めやかに、大切にしておかなければならない愛の確認作業だ。

「もし、あんなのが自分の娘だったら……ああっ、考えたくない！」

ぶるるっと身震いが起き、気分を落ち着けるためにコーヒーを淹《い》れることにした。

ついでに音楽をかける。ドリゴの『愛のセレナーデ』。昔の音楽系の喫茶店にはレコードやCDが大量にあったものだが、いまはノートパソコン一台で事足りる。便利な世の中になったのか、味気なくなったのか……。

淹れたてのコーヒーを味わいながら、ヴァイオリンとピアノの優雅な旋律に身を委ねていると、亡き妻のことが思いだされた。果歩子も『愛のセレナーデ』が好きだった。彼女が学生時代にアルバイトしていた喫茶店でよくかかっていた。

そう、賢太郎と果歩子の出会いは喫茶店だった。

大学四年のとき、喫茶店巡りに嵌《は》まっていた賢太郎は、あるときからピタッと一軒の店しかいかなくなった。ウエイトレスにひと目惚れしてしまったからだ。小柄でおかっぱでこけし人形のように可愛いウエイトレス——それが果歩子だった。

同い年で、同じ大学に通っていたのだが、学部が違ったので面識はなかった。毎日店に通った。一日に二度行くこともあった。それでも、話をするまで三カ月かかった。大学の学食で偶然会うというアクシデントがなければ、永遠に話なんてできなかったかもしれない。

学食でカレーを食べていると、正面の席にうどんの器をトレイに載せた果歩子が腰をおろした。眼が合った瞬間、小声で「あっ」と言った。お互いにだ。

賢太郎は一瞬にして食欲を失い、カレーを食べつづけることができなくなった。果歩子もうどんを食べなかった。彼女も彼女でこちらに好意を抱いていたと後で知ったが、そのときはお互いに下を向いたまま、ろくに言葉も交わせなかった。賢太郎は冷めたカレーをぼんやり眺めながら、千載一遇のチャンスを逃そうとしている自分に絶望した。

童貞と処女だった。

バブルがはじけた直後であり、それでもまだイケイケの空気が世間を支配していて、ワンレン・ボディコンの女が、お立ち台の上でパンツを見せていた時代である。

とはいえ、それは一部の人間の話であり、セックスに対するハードルは、いまよりずっと高かったと思う。

学食事件の翌日、賢太郎は果歩子の働いている店に行って、手紙を渡した。ラブレターである。しかも手書き。いまの若者には考えられないだろう。

果歩子からの返事も、手書きの手紙だった。次に店に行ったとき、帰りがけにそっと渡された。

お互いに好意があることを確認し、付き合うことになったものの、なにをすればいいのかわからなかった。

大学の正門で待ち合わせて、あるいは果歩子のバイトが終わるのを店の外で待って、喫茶店にばかり行っていた。果歩子はバイト先が喫茶店なのに、悪いことをしたと思うが、文句も言わずについてきた。果歩子は口数が多いほうじゃないし、賢太郎にしても緊張のあまり無口になっていたから、一時間も二時間も向かいあってなにを話していたのか、いまとなっては本当に謎である。

なにしろお互いに経験がないので、セックスしようというムードには全然ならなかった。賢太郎はもちろんしたかったが、求めたばかりに嫌われるとか、なんとかベッドインできてもうまくいかなくて泣かせてしまうとか、最悪のシナリオばかりが脳裏をよぎって、手も足も出なかった。

悩みに悩んだ挙げ句、セックスする前にプロポーズした。

社会人一年目の夏だった。衝動的なプロポーズだったので、指輪もなにも用意していなかった。一緒に日帰りで海水浴に行ったのだが、そのとき見た果歩子の水着姿にやられた。真っ赤なワンピースで、デザインは控えめだったはずだが、太腿《ふともも》が悩殺的に白かった。小柄なくせに、出るところは出ていた。トランジスタグラマーというやつである。

頭に血がのぼった賢太郎は、それでもどうしても「セックスしよう」とは言いだせず、代わりに「結婚してください」と言ったのだった。

果歩子は泣いていた。嬉しいと何度も言ってくれた。

賢太郎の眼は、彼女のボディラインに釘づけだった。どこもかしこもむちむちして、ゴム鞠《まり》みたいに弾力がありそうだった。もちろん勃起していたが、バスタオルで隠しつづけた。プロポーズまでしておいてセックスが求められなかったのだから、本当に奥手にも限度がある。

両家への挨拶や挙式の準備などに忙殺され、実際に結婚できたのはそれから一年後だった。

　そのころになると賢太郎も意地になっていて、初めてのセックスは初夜にしようと決めていた。キスはおろか、手を繋《つな》ぐことさえ我慢した。挙式の一週間前から同じアパートで暮らしはじめたのに、寝室を別々にする徹底ぶりだった。後年になって果歩子にそのときの心境を訊ねたら、「大事にしてもらって嬉しかった」と言っていた。報われた気分だった。

　浅草神社で式を挙げ、ビューホテルで披露宴を行なって、自宅に帰ってきたのは午後六時くらいだったろうか。

　賢太郎は疲れ果てていた。果歩子の白無垢《しろむく》姿は本当に綺麗で感動的だったが、真夏である。おまけに浅草神社からビューホテルまで人力車で運ばれるという余計なことをしたばかりに、炎天下で観光客に囲まれてしまい、披露宴が始まったときには息も絶えだえだった。

　果歩子も疲労困憊《こんぱい》の様子だった。観光客にも溜息をつかさせるほど美しい白無垢の下は、汗みどろだったに違いない。倹約家の彼女が珍しく「タクシーで帰りましょう」と言った。シートに身を委ねた瞬間、眼を閉じて寝息をたてた。

初めてのセックスは初夜と決めていた賢太郎だが、そんな元気はなくなっていた。たとえ絞りだしたとしても、自分より疲れているはずの果歩子を付き合わせるのは申し訳なかった。

「今日はもう、風呂入って寝ようか」

苦笑まじりにそう言うと、果歩子は首を横に振った。初めてのセックスは初夜と決めていたのは、賢太郎の心の中だけで、果歩子とそれについて話したことはない。さすがに察してくれていたとは思うが、約束したわけではないし、高級ホテルに泊まっていたわけでもない。

なのに果歩子はきっぱりと言った。

「わたしたちの結婚式、まだ全部終わってないでしょう?」

新妻の覚悟が伝わってきた。

彼女は彼女で、初夜に契《ちぎ》りを結びたいと心に決めていたようだった。

3

賢太郎が先に風呂に入った。

風呂から出ると、自分の布団を隣の部屋に運んだ。新居の間取りは2DKで、ふたつある部屋のひとつを寝室、もうひとつを居間にする予定だったが、この一週間、賢太郎は居間のほうで寝ていた。

自分の布団を敷くと、果歩子の布団も押し入れから出して横に並べた。なんの変哲もない六畳の和室が、急に淫靡《いんび》な雰囲気になった気がした。

枕元にティッシュの箱を置きながら、ごくりと生唾《なまつば》を呑みこんだ。喉が渇いてしようがなかった。冷蔵庫にはビールもジュースも牛乳も冷えていたが、行為中に尿意を催したら困るので、飲む気にはなれなかった。

蛍光灯の紐《ひも》を引っぱり、オレンジ色の常夜灯にした。それが照らしているのはふた組の布団、枕元にはティッシュ——ますます淫靡な雰囲気に拍車がかかり、賢太郎は勃起してしまった。

あと一時間もすれば、大人の男になれる。二十四歳まで守っていた清らかな童貞を愛する妻に捧げ、この世に生まれてきた歓喜を噛みしめる。想像するだけで、武者震いがとまらなくなった。

もちろん、期待と同じかそれ以上に、不安もあった。

この日に備えて『ホットドッグプレス』のセックス特集号を何十回も熟読し、やり方はわかっているつもりだったが、座学と実地は大違いだろう。処女膜を破るのはものすごく痛いらしいし、うまくリードしなければというプレッシャーで胸が苦しくなってくる。

いや……。

果歩子は本当に処女なのだろうか？　とふと思ってしまった。

その時点では、処女という確証がなかったからだ。果歩子はいつもおどおどしているし、偶然ちょっと手が触れただけで真っ赤になって下を向くし、どう見ても処女としか思えなかったが、言葉で確認したことはない。

もし、果歩子が経験者だったら……。

処女を奪った相手に狂おしいほど嫉妬してしまいそうだったが、それを言いだすのは最低だろう。男らしさの欠片《かけら》もない。賢太郎はべつに、果歩子が処女っぽいから好きになったわけではなく、好きになった女が処女っぽかっただけだ。

だが、一度疑いの眼を向けてしまうと、だんだんそれが本当のことのように思われてきた。清純派のアイドルが下半身関係のスキャンダルを起こすのなんてよくあることで、なにも知らないように見えても、裏ではけっこうすごいことをやっているのが女という生き物なのである。

果歩子は南房総の出身だった。千葉県の人には大変申し訳ないけれど、「房州《ぼうしゅう》女に魔羅《まら》を見せるな」という古い戯言《ざれごと》がある。要するに千葉の女はスケベだということだが、まさか……。

不意に襖《ふすま》が開いたので、ビクッとした。果歩子が白いワンピースを着ていたので、二度驚いた。こちらはTシャツとトランクスなのに……。

果歩子はうつむいてこちらに近づいてくると、

「……もらってください」

蚊《か》の鳴くような声で言った。

「……果歩子を、もらって」

賢太郎は勃起を誤魔化すため、滑稽な中腰になっていた。あまりにも情けない自分の姿に、涙が出そうになった。果歩子のほうがよほど堂々としているではないか。

「あっ、あのさ……」

上ずった声で言った。

「実はその……俺、したことないから……もしそっちに経験があるなら、リードしてもらえると助かるというか……」

もはや果歩子が経験者であってくれたほうがいいような気がした。

「……無理です」

果歩子はうつむいたまま首を横に振った。

「わたしも……初めてだから……」

「そっ、そう……」

疑いの眼を向けて申し訳なかったと、賢太郎は心の中で土下座した。しかし、果歩子の処女が確定されたことを手放しに喜べないほど、これから始まることへのプレッシャーに押しつぶされそうだった。

「どっちも未経験じゃ……うっ、うまくいかないかもしれないね……」

「……そうですね」

果歩子が両手を首の後ろにまわし、ホックをはずした。果物の皮が剝《む》けるように、するりと白いワンピースを足元に落とした。

白い下着を着けていた。レースやフリルや銀の刺繍（ししゅう）に飾られて、やけにゴージャスなデザインだった。ブラジャーはデコラティブなフルカップだし、ショーツだってハイレグでもなんでもなかったが、ヴァージンのボディをひときわ清らかに映えさせていた。

後年になってわかったことだが、果歩子は下着に贅沢をする女だった。性格を反映して洋服は控えめなデザインを好んでいたが、その下にはびっくりするようなエロティックな下着を着けていたりする。

賢太郎は完全に気圧《けお》された。高級ランジェリーが可愛い顔にぴったりでも、ボディラインがいやらしすぎた。ブラジャーのカップは想像を超えて前に迫りだしていたし、ヒップの丸さも眼を惹《ひ》いた。なにより、むちむちに張りつめている白い太腿にノックアウトされてしまった。

去年、真っ赤なワンピース水着を着ていたときより、女らしくなった気がした。彼女も今年で二十四歳。セックスの経験がなくても、体は日々刻々と大人の女へと成長を遂げていたということらしい。

「そんなに見ないで……」

果歩子が恥ずかしそうに胸を両手で隠したので、賢太郎は勇気を振り絞って抱擁した。腕が背中に触れた瞬間、果歩子はビクッとした。不安とか怯えとかおののきとか、そういうビクッではない気がした。いやもちろん、そういう感情もあったのだろうが、もっと艶《なま》めかしい反応ではないかと直感的に思った。

おかげで、ぎゅっと抱きしめることができなかった。いまの反応がもう一度見たくて、指先で軽く背中をくすぐった。

「あっ……んんっ……いやあんっ……」

果歩子はビクビクしながら身悶えた。女というのはこんなにも感じやすいものなのかと思った。それでも、処女だというのが嘘だとは思えなかった。可愛い顔が真っ赤になっているし、太腿をこすりあわせすぎて極端な内股になっている。慣れているという雰囲気ではない。

「よっ、横になろうか……」

賢太郎は、ふたつ並んだ布団の片方の掛け布団を剝《は》がした。果歩子が身を横たえる。胎児のように体を丸くする。

それを見下ろしながら、賢太郎はTシャツを脱いだ。痛いくらいに勃起していたので、トランクスも脱いでしまいたかったが、恥ずかしくて脱げなかった。

果歩子の側で膝立ちになった。彼女はこちらに背中を向けている。驚くほど丸いヒップが、ショーツのバックレースに飾られていた。それもたまらなくセクシーだったが、背中のブラジャーのストラップはそれ以上だった。なんの飾り気もないのに、どういうわけか呼吸が苦しくなるほど興奮させられた。

先ほどの要領で、さわさわと背中をくすぐりはじめた。果歩子はやはり、少し大げさなほど身悶える。お尻や太腿もくすぐると、ビクビクッ、ビクビクッ、と痙攣《けいれん》するように身を震わせた。

「きっ、気持ちいいの？」

果歩子は言葉を返してくれなかったが、胎児のような格好のままうなずいたように見えた。

賢太郎はブラジャーのホックをはずそうとした。童貞がつまずく第一関門と言われているらしいが、本当にははずせなかった。果歩子に頼んではずしてもらった。賢太郎は身を横たえ、バックハグの体勢で胸に手を伸ばしていった。

できることなら、馬乗りになってブラジャーのカップをそうっとはずしてみたかった。しかし、果歩子が体を丸めているので、それもできない。後ろから伸ばしていく手も、押さえられる。果歩子としても拒むつもりはないのだろうが、体が勝手に反応してしまうのだろう。

それでもなんとか、ブラジャーのカップまで手が届いた。ホックははずされているので、隙間に手指を忍びこませて、盛りあがった乳肉に触れた。

「んっ……くぅうんっ……」

果歩子がくぐもった声をもらす。

賢太郎は乳肉の柔らかさに陶然《とうぜん》としていた。男の体にはない感触だった。なんとか手のひらをカップの下に入れ、隆起を揉んだ。弾力あふれる乳肉に、やわやわと指を食いこませた。

「んんんっ……」

果歩子がこちらを向き、両手を首にまわしてきた。息のかかる距離で見つめあった。

そう言えば、まだキスをしていなかった。

唇を重ねた。歯をぶつけるようなことはなかったが、果歩子は眼を真ん丸に見開いていた。賢太郎もそうだった。舌を差しだしても、果歩子はなかなか口を開いてくれなかった。ぐいぐいと乳房を揉むと、あえぐためにようやく口を開いた。

その中に舌を差しこみ、舐《な》めまわした。舌と舌をからめあった。果歩子の舌はびっくりするほどつるつるしていた。ものすごく興奮した。

「いっ、いやっ……」

ブラジャーをはずすと、果歩子は身をよじって羞じらった。ふたつの胸のふくらみが見えた。白くて丸かった。白桃に似ているなと思った。先端にはピンク色の花が咲いていた。素肌の色に溶けこんでしまいそうなくらい透明感があり、清らかな色をしていた。

果歩子を横側から抱いていた賢太郎は、指を伸ばした。ピンク色の先端を、ツンと人差し指で突くと、果歩子は声をあげた。いままで出していた声よりずっと甲高《かんだか》く、少しハスキーになって、いやらしさは十倍増だった。

ツン、ツン、と乳首を突くたびに、果歩子は身をよじって声をあげ、ハアハアと息をはずませた。賢太郎はこちら側にある乳首に舌を伸ばしていった。チロチロ、チロチロ、と舌先でくすぐってから、口に含んだ。唇をすぼめて吸った。もう一方の乳首は、指で転がしていた。つまんでもみた。左右の乳首とも、刺激すればするほど硬くなっていった。

果歩子の声がしなくなった。顔を見ると、ぎゅっと眼をつぶって歯を食いしばっていた。声をあげるのが恥ずかしいらしいが、感じているのはあきらかだった。眼をつぶっていても、眉根を寄せた表情がいやらしすぎる。

それに……。

賢太郎には、そのときから予感があった。果歩子の体が人一倍感じやすく、豊かな性感に恵まれていることを……。

右手を下半身に這わせていくと、指がショーツに到達したあたりで、果歩子は眼を見開いた。真っ赤に染まった顔をこわばりきらせて、いやいやと首を振った。表情が怯えきっていた。

「……やめる？」

賢太郎が困惑顔で訊ねると、果歩子は眼を泳がせ、何度か深呼吸してから、首を横に振った。

女の下着には、なぜか臍《へそ》の下あたりに小さなリボンがついているものだが、賢太郎の指先はちょうどそこに触れていた。果歩子は怯えた顔でこちらを見つめていた。賢太郎は見つめ返しながら、右手をショーツの中に入れていった。

柔らかな毛が、指にからみついてきた。自分と比べて、生えている面積が狭い気がした。毛のある部分はいやらしいくらいこんもりと盛りあがっているものの、当たり前だがペニスのようなものはついていない。

さらに指を下に這わせていくと、果歩子は観念したように眼を閉じた。賢太郎は指にヌメリを感じていた。思った以上にヌルヌルしていた。

ここが肝心な部分だと思うと急に息苦しくなった。肝心な部分であるがゆえ、絶対に乱暴に扱ってはならないと『ホットドッグプレス』に書いてあった。女の性感帯は男のそれよりずっと繊細で敏感だから、触るか触らないかくらいの加減でちょうどいいと……。

教えを守って指を動かした。中指を尺取虫のように動かして、割れ目をなぞるように……といっても、ヌルヌルした部分はいくら触っても形状がよくわからず、割れ目のようになっているのかどうかも判然としなかった。鶏冠《とさか》のようにびらびらしたものを、指に感じていた。穴に指を入れると気持ちがいいらしいが、相手は処女である。指で処女膜を傷つけるわけにはいかない。

果歩子の呼吸は荒々しくなっていくばかりだった。眉根を寄せた顔がとても苦しそうで、熱にうなされているみたいだった。

なんだか可哀相《かわいそう》になって、賢太郎は指を動かしながらキスをした。眼を開けた果歩子の瞳はねっとりと潤んでいた。その表情があまりにいやらしすぎて、一瞬、賢太郎の呼吸はとまった。

見つめあいながらさらに指を動かした。強い刺激は御法度《ごはっと》だった。それだけは頑《かたく》なに意識した。クリトリスの位置もよくわからなかったけれど、とにかく割れ目をなぞるように指を動かしていると、濡れ具合が激しくなっていった。

ショーツを脱がしてしまいたかったが、果歩子が見つめてくるので視線をはずせない。限界まで眉根を寄せ、すがるように見つめてくる。なんて可愛い顔をするのだろうと思う。やがて眼尻が垂れてきて、泣きそうな顔になった。それでもまだ、すがるように見つめてくる。

「あああっ……」

と声をもらしつつも、眼を見開いてこちらを見ている。見つめながら、しきりに首を振りたてる。こけしのようなおかっぱ頭が、ざんばらに乱れていく。

「あううっ……」

不意に顔がくしゃっと歪んだ。

「ああっ、いやっ……いやいやっ……いやあああーっ！」

ビクビクと腰を震わせながら、しがみついてきた。尋常ではない力強さで、ぎゅっとされた。痛くはなかったが、賢太郎は驚いてしまった。いやいやと身をよじっている果歩子の素肌は、びっくりするほど熱く火照《ほて》っていた。

もしかしてイッたのか？　――そう思ったが、果歩子が身をよじりながらすすり泣きはじめたので、訊ねることはできなかった。

4

処女でもイクものなのかどうか、当時の賢太郎にはわからなかった。

いまならわかる。イクに決まっている。賢太郎だって、初体験を迎える十年以上も前からオナニーしていたのだ。

果歩子がそういうことをしているところは想像できないし、想像したくもなかったが、していたからといって軽蔑はできない。性欲をもてあましていたとすれば、彼氏彼女の関係になりながら、いつまで経ってもベッドに誘うことができなかった賢太郎に責任がある。

果歩子は布団の上で亀になっていた。

正座の格好で上体を前に倒し、背中を震わせている。すすり泣きの声はもう聞こえなくなっていたが、いっこうに顔をあげる気配がない。

「……大丈夫？」

恐るおそる声をかけると、バッと上体を起こした。ピンク色に染まった頬に涙のあとがついているのに、どういうわけか、怒った顔をしていた。そのときはわからなかったが、自分だけイッてしまった恥ずかしさを誤魔化すために、怒ったふりをしていたのである。

「今度はわたしが……します」

挑むような眼つきでこちらを睨んでくる。

「なっ、なにを？」

「わたしが……舐めます」

言った瞬間、果歩子は顔をそむけた。

「フェ、フェラのことかい？」

顔をそむけたままうなずく。

「いっ、いやあ……それはいいよ……」

賢太郎は苦笑した。初体験からそこまで求めるつもりはなかったし、そうでなくてもフェラチオには抵抗感があった。

きっと気持ちがいいのだろうと思う。しごいているだけでたまらなくなるペニスを舐めたりしゃぶられたりして、気持ちがよくないわけがない。だが、それを果歩子にやってもらうとなると……申し訳ないというか、彼女の口を穢《けが》したくないというか、そういう気持ちが先に立ってしまうのだ。

しかし、そのときの果歩子は頑なで、

「妻の務めですから」

そんなことまで言いだして、執拗に口腔奉仕をやりたがった。四つん這いになってこちらに迫ってきた。

白いショーツ一枚で四つん這いになり、乳房もさらしていれば、尻の丸みも際立たせている果歩子の姿は、この世のものとは思えないほどエロティックで、一瞬頭の中が真っ白になったが、

「いやいやいやいやいや……」

賢太郎はトランクスを脱がそうとしてきた彼女の手をつかんだ。

「本当にそれはいいから……こっ、今度にしよう、今度に……」

「いえ、妻の務めですから」

果歩子があまりにも強情で、怒った顔もやめなかったので、さすがの賢太郎もカチンときてしまった。

「じゃあ、こっちも夫の務めで……クンニしてもいいかい？」

果歩子の顔が真っ赤になった。

「……無理」

「だろう？　だから今日のところは……」

「妻の務めを放棄しろっていうんですね？」

じっとりと恨みがましい眼を向けられ、賢太郎は深い溜息をついた。舐めるのを嫌がる女に無理やり舐めろと言ってるならまだわかるが、舐めなくていいと言っているのに、どうしてここまで責められなければならないのか？

ただ、無防備にさらけだされた双乳を隠すことも忘れてプンプン怒っている果歩子は、たまらなく可愛かった。いままで見たこともなかった彼女の素顔を、垣間見たような気がした。今日から晴れて夫婦になったのだから、本音をぶつけあうのは悪いことではないのかもしれない。

「じゃあさあ……」

賢太郎はニヤリと笑いかけた。

「ジャンケンで決めようよ」

「えっ……」

「そっちが勝ったらフェラ、こっちが勝ったらクンニ」

果歩子は押し黙った。唇を震わせるばかりで、声も出せない。

「どうしたの？　妻の務めを果たしたいんじゃなかったの？」

「わたしが勝ったらする、負けたらしない、じゃダメですか？」

「それはフェアじゃないよ。勝負するのが嫌なら、どっちもしないでいいじゃないか」

「ううう……」

果歩子は真っ赤になって唸っていた。普段はあんなにおとなしいのに、本当はこんなにも負けず嫌いだったのかと微笑ましい気分だった。

「勝負します」

まなじりを決して握り拳を出してきた。

「最初はグー、ジャンケンポン」

賢太郎はチョキを出した。果歩子はパーだ。ひろげた手のひらを呆然と眺めている果歩子を、賢太郎は布団に押し倒した。

「約束を守るのは、夫婦円満の一里塚だからね」

「もう、やだ……」

果歩子はいまにも泣きだしそうな顔を両手で覆った。

悲嘆に暮れている新妻には申し訳ないけれど、賢太郎は内心で笑いがとまらなかった。フェラチオなんてしてもらわなくてもいっこうにかまわないが、クンニリングスは喉から手が出そうなくらいしてみたかったのだ。

とはいえ、果歩子は極端な恥ずかしがり屋、夫婦になってひとつ屋根の下で暮らすようになっても、できるのは半年先とか一年先のことだと思っていた。それが思いがけず、初夜の日に経験できてしまうなんて……。

実のところ、後から少し惜しかったかな、と思った。処女の果歩子に舐めてもらうチャンスは、この一回限りだったからだ。だがその代わり、処女の果歩子にクンニすることができた。本気で後悔はしなかった。

あお向けになっている果歩子から、ショーツを脱がしていった。両サイドをつかんで、そうっとおろしていき、

「ちょっとお尻あげて」

と声をかけた。

果歩子は両手で顔を覆ったまま、

「ジロジロ見ないでくださいね……お願いですから……」

言いつつも、遠慮がちに尻をあげてくれた。

ショーツを太腿までおろすと、賢太郎はまばたきも呼吸もできなくなった。先ほど触れた柔らかい毛――綺麗な小判形に生えていた。生えている面積は狭かったが、意外に黒かった。可愛い顔に似つかわしくないくらいに……。

鼓動が速まっていくのを感じながら、ショーツを爪先から抜いた。クロッチに大量のシミがついているのを見てしまったが、武士の情けで見なかったことにする。

脚を開こうとしたが、できなかった。果歩子が開こうとしないからだ。

「力抜いて」

「わっ、わかってるんですけど……」

体が言うことをきいてくれないらしい。

ならば、と賢太郎は果歩子の下半身をくすぐった。腰から太腿にかけて、コチョコチョ、コチョコチョ、と……。

「んんんっ……あああっ……」

思った通り、果歩子の体はビクビクと反応し、その隙をついて両脚をひろげた。左右の膝をつかんでＭ字開脚だ。

「いっ、いやあああっ……」

顔を覆っていた果歩子の両手が、すかさず恥ずかしい部分を隠した。眼は賢太郎の顔を見ている。視線と視線がぶつかりあう。

「約束を守るのは？」

見つめあいながら言うと、

「ふっ、夫婦円満の……一里塚……」

果歩子は真っ赤に染まった顔を悔しげに歪めながら、ゆっくりと両手を股間から離していった。黒い繊毛に縁取られた、アーモンドピンクの花が見えた。いやらしすぎる色艶《いろつや》が、たっぷりと蜜を浴びて濡れ光っていた。

生まれて初めて生身で拝んだ女性器を前に、賢太郎はごくりと生唾を呑みこんだ。不思議な気分だった。果歩子が見られることを嫌がったのがよくわかるほど、グロテスクと言えばグロテスクだ。乳房や乳首やお尻の丸みは素直にセクシーと思えるし、美しいと言ってもいいが、同じ女の体なのに、いま目の前にあるものはそういう感じではない。人間の体の一部という気がしないのだ。

そのくせ、どことなく可愛らしい。果歩子の顔と交互に見ると、眼もくらむほどいやらしい。他のパーツには絶対にない、秘所中の秘所、恥部中の恥部という感じがする。自分はいま、果歩子のそれを見ている。処女だから、いままで誰にも見られたことがないそれを……。

不意に激しい眩暈《めまい》を覚えた。興奮しきっているせいもあるが、むんむんと漂ってくる女の匂いのせいだった。それもまた、女性器の形状と同じく、素直にいい匂いと呼べるものではなかった。

なのに本能を揺さぶられる。もっと嗅ぎたくなる。女性器が放つ匂いに釣られ、賢太郎は夢遊病者のように顔を近づけていった。

「なっ、なにするんですか……本当にするの？　ダッ、ダメッ……許してっ……あああーっ！」

割れ目に唇を押しつけると、果歩子はのけぞって悲鳴をあげた。賢太郎はほとんど忘我の境地で、舌を差しだし、動かしはじめた。頭がくらくらしていた。女性器の放つ匂いが、あまりに強烈だからだった。

本来の果歩子は、それほど性臭が強いほうではない。他の女と比べたことがないので正確にはわからないが、体を重ねる回数が増えるたびに、匂いが薄まっていった。処女は性器を丁寧に洗う習慣がないので、匂いがきついらしい。それもまた生娘《きむすめ》の証《あかし》であるが、そんなことを知らなかった賢太郎は、本能を揺さぶられるままに舌を動かすしかなかった。

アーモンドピンクの花びらがめくれてくると、つやつやと濡れ光る薄桃色の粘膜が見えた。どこに処女膜があるのか判然としなかったが、よけいなことをして膜を傷つけたくなかったので、そこはあまり舐めなかった。

それよりもクリトリスだ。薄闇に眼を凝らして探した。先ほど果歩子は、指の刺激だけでイッていた。指より舌のほうが気持ちがいいはずだから、そこを集中的に舐めれば、もう一回イカせることができるかもしれない。

指と舌で処女を二回もイカせるなんて……。

俺もなかなかやるじゃないかと思いながら、黒い草むらを指で掻《か》き分け、肉の合わせ目の上端を凝視する。それらしきものが見つかったが、どこもかしこもくにゃくにゃと曖昧《あいまい》な形をしているから、よくわからない。

包皮を剝いてみると、米粒大の肉芽が姿を現した。珊瑚《さんご》色をした綺麗な肉の芽だったが、こんなに小さいものが本当に女の体の中でいちばん敏感な性感帯なのかと、ますますわからなくなっていく。

だが、包皮を被せたり剝いたりしていると、果歩子の反応が変わった。もはやこちらにすがるような眼も向けられないまま、天井を向いて「あふっ……あふっ……」と溺れた金魚のように呼吸している。

クリトリスは敏感すぎるほど敏感らしいから、まずは包皮を被せた状態で、その上から舐めてみた。

「あううううーっ！」

果歩子はびっくりするような大声をあげ、布団の上でのたうちまわった。

「いっ、痛かった？」

驚いて声をかけたが、言葉は返してこない。真っ赤に染まった顔をそむけたまま、ハアハアと息をはずませているばかりだ。

痛いわけではなさそうだったので、賢太郎はさらにクリトリスを舐めた。

怖いくらいに興奮していた。果歩子の反応が、他のところを刺激するときとはまるで違ったからだ。腋窩《えきか》も露わに枕の両端をつかみ、宙に浮いた足指をぎゅっと丸めている姿がいやらしすぎる。

そんなに感じるのなら――と、刺激を強めるのは厳《げん》に慎んだ。ねちねち、ねちねち、一定のペースで微弱な愛撫を続けた。それでも充分に感じるようだった。薄桃色の粘膜から新鮮な蜜があふれてきて、アヌスのほうに流れていく。さらに下まで垂れていき、シーツに淫らなシミをつくる。

包皮を剝いて刺激するまでもなく、果歩子は激しく身をよじりはじめた。

「ダッ、ダメッ……ダメですっ……」

切羽つまった声をあげた。

「イッ、イッちゃうっ……またイッちゃうっ……いやいやいやっ……いっ、いやあああああーっ！」

タプタプと双乳を揺れはずませ、ガクガクと腰を震わせて、果歩子は果てた。先ほどより、激しいイキ方だった。釣りあげられたばかりの魚のように全身を跳ねさせては、骨が軋《きし》みそうなくらい身をよじっている。

賢太郎はほとんど呆気にとられていた。

自分がオナニーで射精しても、こんなにジタバタ暴れることはないから、女というのはいやらしすぎる生き物だと思った。

賢太郎がクリトリスから舌を離しても、しばらくの間、果歩子は全身を小刻みに痙攣させながら、ハアハアと息をはずませていた。

5

音楽が終わった。

賢太郎は椅子から立ちあがり、レジ横にあるノートパソコンを操作した。『愛のセレナーデ』は三分ほどの短い曲なので、もう十回以上リピートしている。それでも、今日はこの曲以外を聴く気にはなれない。

「果歩子……」

亡妻の名前を呼んでも、もう涙は出なかった。涙なら、この三年間で涸れるまで流した。

それにしても、いまどきの若い女子大生と比べて、自分たちはなんと奥手なカップルだったのだろう。

果歩子をクンニで二度目の絶頂に導いたあと、あまり思いだしたくない大流血戦を経て、無事にふたりで大人の階段をのぼることができたのだが、賢太郎も果歩子も、そのとき二十四歳だった。

果歩子は自分しか男を知らないまま天国に行ったし、賢太郎も果歩子しか女を知らないままこの世に別れを告げることになるだろう。リサやマキなんて、二十歳の若さのくせに、両手で数えられないほどの人数を経験していそうなのに……。

それでも後悔はなかった。

五十年の半生を振り返って、果歩子と一緒にいたときほど、輝いている時間は思いだせないからだ。

供養が遅くなってしまったけれど、明日になれば果歩子の夢だったメイド喫茶がここにオープンする。オープニングスタッフが自分を入れて三人だけというのがいささか心許《もと》ないが、亡妻の形見をお客さんたちに披露できる。

欲を言えば、メイド服を着てくれるスタッフが五、六人いて、それをシフトでまわす形にしたかったが、贅沢を言っていてはキリがない。とりあえず、予定通りにオープンできることを、いまは祝福しよう。

人間性はともかく、リサとマキは見た目だけはいい。果歩子のつくったメイド服が掛け値なしによく似合っていたから、評判になれば新しいスタッフだってすぐに見つかるかもしれない。

「さて……」

賢太郎は膝を叩いて立ちあがった。日暮れも近いので、そろそろ帰宅して晩酌で英気を養い、今夜は早寝しようと思った。

〈喫茶メイド・クラシック〉の営業時間は、正午から午後七時まで。本当はこだわりのモーニングサービスも出してみたかったが、リサとマキが午前中は必須科目の授業があるというので、当面はそれでやっていくつもりだ。

ところが……。

最後に食材のチェックをしてから帰ろうと厨房《ちゅうぼう》の冷蔵庫をのぞいていると、カランコロンとドアベルが鳴った。厨房はカウンターの中の奥まったところにあるので、賢太郎はホールが見えるところまで出ていった。

「すいません……」

女がひとり、店に入ってきた。

「ここ、〈喫茶メイド・クラシック〉ですよね？」

「ええ……営業は明日からですが……」

「オープニングスタッフを募集しているって、ホームページに書いてあるのを見て……アポもとらずに申し訳ないですけど、わたし、すぐそこに住んでるから直接来てみようかなって……」

「はあ……」

賢太郎は間の抜けた声で答えながらカウンターの外に出ていった。

第二章　未亡人の目覚め

1

リサとマキは恐るべき娘たちだった。

昨日はあれほどふざけていたくせに、記念すべきオープン初日を迎えると、一変して清楚な振る舞いを見せた。無駄口を叩かず、ツンと澄ましていると高貴にさえ見えるほどだった。エレガントなメイド服と相俟《あいま》って、店内をまるでヨーロッパの古城を舞台にしたテーマパークのような雰囲気に変えてしまったのである。

自分の人を見る眼のなさに、賢太郎は打ちのめされた。

なんの考えもなく、普段着のシャツとズボンで来てしまったが、こんなことならダークスーツに磨きあげた靴で来るべきだった。

見た目だけはいいが、尻の軽い女子大生とあなどっていた彼女たちのほうが、よほどプロ意識が高かった。昨日より化粧が濃く、長いつけまつげが重たそうだったが、それが決してケバい感じではなくて、西洋人形のように美しい。なによりツンと澄ましているのに、「ありがとうございました」と言うときだけは、客ににっこりと微笑みかける。

オープン初日にやってきたのは、主に近所の知りあいだった。クリーニング屋の主人、八百屋《やおや》の大将、焼鳥屋のおやじ、工務店の社長――要するにくたびれた中年男ばかりだったので、誰もが例外なくリサとマキに心を奪われて帰っていった。八百屋の大将なんてダミ声のマシンガントークで有名なのに、店内の凛《りん》とした空気に圧倒されたらしく、ひと言も口をきかず黙々とナポリタンを食べていた。作業着姿で訪れた工務店の社長は、場違いな格好に顔を赤くし、着替えに帰ろうとしたくらいだった。

しかも……。

最初の一週間こそ近所の中年男がポツポツ来るくらいだったが、二週間目からはにわかに客が増えはじめ、ひと月も経つとオープンからクローズまで満席が続く大盛況店になってしまった。

カウンター席が四つとテーブル席が六つの小さな店だし、ひとり客が四人掛けの席を占領することも多かったから、満席といってもせいぜい十人くらいしか客は入らないのだが、それにしても驚いた。

リサとマキが自撮りしたメイド服の写真を、ＳＮＳでどんどん拡散させているからである。普段は秋葉原のメイドカフェに行っているというオタクふうの客が、あとからあとからやってきた。彼らはメイドと写真を撮りたがった。リサとマキは笑顔で応じた。ワンショットなら五百円、ツーショットなら千円と料金をとって……。

「写真のぶんは、わたしたちのチップってことでいいですよね？」

「ダメっていうならお店の売上にしますけど、いいですよね？」

賢太郎はうなずくしかなかった。調子がよければ日給以上のチップを稼いで帰る日もあった。彼女たちが自分で宣伝して客を呼び寄せた成果である。しかも、写真を撮って帰った客が、それをＳＮＳで拡散させるから、また新たな客を呼ぶ。倍々ゲームである。写真代を丸ごと彼女たちに渡しても、想定の五倍以上の売上があったので、文句のつけようがなかった。

そして売上が想定以上になった立役者は、実は彼女たち以外に、もうひとりいた。
高見沢綾乃《たかみざわあやの》――三十五歳の未亡人である。

オープン前日、綾乃はアポなしでふらりと店に入ってきた。近所に住んでいるので、働きたいと言って……。

一見して美人だった。瓜実顔《うりざね》に切れ長の眼をした、ザ・和風美人という感じだ。飾り気のないニットとスカートという装《よそお》いでも、水のしたたるような色香が漂ってきた。それもただの色香ではなく、なんとも言い様がない愁《うれ》いを帯びた……。

賢太郎は困ってしまった。

三十歳を過ぎて見えたし、履歴書を確認すると、やはり三十五歳だった。その年で、メイド服を着て給仕がしたいのだろうか？

果歩子のつくったメイド服はアンティーク色が強いので、似合わないということはないだろうが、リサやマキとあまりにもキャラが違いすぎる。ふたりがアイドルグループの一員なら、綾乃は二時間ドラマの主演女優のようなタイプで、テレビでだって同じ画面には映らない。

そもそも……。

〈喫茶メイド・クラシック〉のコンセプトは、娘世代の若い女の子に、亡妻の形見であるメイド服を着せることである。彼女では、娘というにはいささか……。

「ご家族はいらっしゃらないんですか？」

どうしたものかと考えながら、なんの気なしに訊ねた。履歴書の家族欄になにも書かれていなかったからだ。

「夫がいたんですけど……五年前に亡くしまして……交通事故で……」

思ってもみなかった答えが返ってきて、賢太郎は顔色を失った。

「それは失礼。よけいなことを訊《き》きました……」

「いえ、大丈夫です……」

綾乃は笑顔を浮かべてくれたが、その笑顔がひどく淋しげで、賢太郎の心は乱れた。連れあいを亡くしているという境遇が、不意に親近感を芽生えさせた。働きたいなら働かせてあげたほうがいいような気がしてきた。

「でも、いいんですか？　メイドの服を着るような仕事で？」

「……はっ？」

綾乃は眼を丸くした。

「わたし……メイドさんの格好なんて……できません」

「いやいや、だってここメイド喫茶ですよ。募集してたのは、メイド服を着てホール係をやってくれる女性で……」

「えっ！　ごっ、ごめんなさい……」

綾乃は急にそわそわと落ち着かなくなった。

「わっ、わたしが応募したかったのは厨房のほうで……ホームページにレトロな料理でおもてなしって書いてあったから……わたし、実家が日本橋の洋食屋なんです。結婚するまではそこでずっと働いていたから……」

「なっ、なるほど……」

綾乃の動揺が伝染し、賢太郎まで落ち着きを失っていく。

「でも、メイドさんなんてできないし……怒られちゃいますよ、こんなおばさんがメイドの格好してたら……」

そんなことはないと言おうとしたが、綾乃が腰をあげようとしたので、賢太郎はあわててとめた。

「いや、その、ちょっと待ってください。厨房係は募集してなかったんですが、日本橋の洋食屋で鍛えた腕があるなら、ぜひとも働いていただきたいというか……と言うのもですね、実は先ほどメイドさんをやってくれる若い女性をふたり採用したんですが、これが実に危なっかしいコンビでしてね。厨房は私がやろうと思ってたんですが、ホール全体を見ていたほうがいいかもしれないと、ちょうど思っていたところなんですよ……」

そういう流れで雇うことになったのだが、翌日になると、白いコックスーツにコック帽姿で登場したのでびっくりした。

前髪をコック帽に隠しているから、眉がきりりと凛々《りり》しくて、印象がガラリと変わった。プロフェッショナルの佇《たたず》まいがあった。そして、コックスーツの胸に刺繍されていたのは、グルメでもなんでもない賢太郎でも知っている、大正時代に創業された老舗《しにせ》洋食店の名前だった。さすがにビビッてしまった。

「わたし、五年ぶりの社会復帰なんです。至らないところもあると思いますが、一生懸命務めさせていただきますので、よろしくお願いします」

まなじりを決して挨拶されても、

「がっ、頑張って……」

と震える声で言うのが精いっぱいだった。

綾乃は最初こそ賢太郎がメニューを作成したレトロ料理を黙々とつくっていたが、すぐに新メニューを提案してきた。

「どうですか？　これならお安く提供できると思いまして……」

差しだされたのは、ハムカツサンドだった。ハムはスーパーで売っている廉価品なのだが、衣とソースが絶品だった。あまりにおいしかったので、

「単価が高くなっても、もっと本格的な新メニューでもいいかもしれないね。数量限定にすれば採算もとれるんじゃないかなあ……」

そう言ってみたところ、ビーフカツサンドが出てきた。二センチはありそうな分厚い牛肉は中身が赤く輝き、肉汁たっぷりのジューシーさで、セクシーとしか言い様がない味だった。ただし、ピザトーストが四百八十円なのに対し、いいヒレ肉を使わなければならないので単価は千五百円。

それでも、あっという間に売り切れた。第一に、メインの客層であるオタクたちは数量限定に弱かった。そして、誰もが綺麗なメイドさんの前で格好をつけたがった。

メニューの中でいちばん高いビーフカツサンドを、オタクから近所の中年男までがこぞって注文した。実際おいしかったので、少々高くても賞賛の言葉しか返ってこなかった。

2

「やーん、綾乃さんのごはんってホントに最高」

リサがスパゲティカルボナーラを頬張りながら眼を細める。メニューにはないが、リクエストすれば綾乃がたいていのものをつくってくれる。午後七時過ぎ、閉店後のまかない飯タイムである。

カウンター席に、リサ、マキ、賢太郎の順で並んでいた。

「それにしてもよく食うね……」

見ているだけで食欲がなくなるので、賢太郎は瓶ビールをグラスに注いでチビチビ飲んでいる。リサはカルボナーラの前に、厚切りピザトーストのダブルチーズを平らげた。それ以外に、サラダとスープもカウンターに出ている。トドメにデザートのプリンアラモード……。

　その細い体の、いったいどこに収まるのか本当に不思議だった。メイド服にはパニエが入っているから腰が張って見えるけれど、普段着のパンツスタイルに着替えているいまは、両手でつかめそうなくらい腰が細く見える。

「はい、オムライス」

「あーん、ありがとうございまーす」

　マキが綾乃からオムライスの皿を受けとる。それもまた、メニューにはない。嫌な予感がしたので背中を向けていると、

「ほらほら、マスター、見て見てー」

　ケチャップを手にしたマキが声をかけきた。

「いまからマキちゃんが魔法をかけてあげるー。おいしくなーれ、おいしくなーれ、ラブ・ラブ・チュッチュ！」

　言いながら、オムライスの卵の上にケチャップで絵を描く。ツインテールのアニメ顔の絵だが、うまいものだった。

「ねえねえ、マスター、そろそろ魔法を解禁しましょうよ。『おかえりなさいませ、

ご主人さま』も」

「ダメだ。それだけは絶対に許さん」

賢太郎はふて腐れた顔でビールを飲んだ。

「キミたちのおかげで、当店の経営はすこぶる順調だからな。よけいなことをしないでいまのままでけっこう」

「マスター、それでも経営者ー？」

リサが口を挟んでくる。

「スタートダッシュには成功しましたけど、そろそろ次の手を考えないと、お客さんに飽きられますよ」

「次の手だと？」

「オムライスの日をつくるんですよ」

マキが言い、スプーンでオムライスをすくって頬張った。「おいしー」と、双頰をプルプルさせながら眼を細める。

「マスターは子供の食べ物なんて馬鹿にしてましたけど、綾乃さんのオムライス、ホントに絶品ですから」

それはそうだろう。綾乃の実家の店の名物だ。味つけからフライパンの使い方まで、素人の賢太郎とは比べものにならない。

「これなら普通に千五百円はとれますね。魔法をかければ二千円」

「さらにもう一丁、ドラをのせれば三千円」

「あのなあ……」

賢太郎は呆れた顔で声をかけた。

「キミらは若いくせに、どうして金のことばっかり考えてんだ？　いやその、ありがたいよ……ありがたい話だけど、なんだか悲しくなってくるね」

「大人を見てると未来に夢なんて見られないんですー。わたしたち、お金しか信じられない悲しいジェネレーション」

えーん、とリサとマキが揃って泣き真似をする。

「でも、オムライスに三千円はさすがに取りすぎじゃないかしら？」

綾乃が言った。

「うちの実家だって千六百円よ。それでも界隈《かいわい》では高いほう」

「秘策がありますから」

リサとマキは自信満々にうなずきあった。

「どうせ『おかえりなさいませ、ご主人さま』だろ」

「そうなんですけど、それをやるにはいまのメイド服じゃダメなんですよ。あれはやっぱり清楚系。あのキャラはあのキャラで気に入ってるし」

「オムライスの日には、イチキュッパのメイド服でも着るのかい？」

賢太郎が皮肉を言うと、

「またまたー」

「あるんでしょ？」

リサとマキが意味ありげに笑いながら指差してきた。

「なっ、なにが……」

不穏な空気に、賢太郎は身構えた。

「マスターの奥さんがつくったメイド服、全部で三十何着って言ってましたよね？」

「いっ、言ったがどうした？」

「でも、この店の更衣室にあるのは十四着。残りはどこに？」

「そっ、それは……」

「あるんでしょ？」

リサとマキがまた指差してくる。

「長袖・ロングの清楚系だけじゃなくて、半袖・ミニのデザインも、奥さんつくってたんじゃないですかー？　『おかえりなさいませ、ご主人さま』にぴったりな、露出が多くてエッチ系なやつ」

「ドラはうちらのふ・と・も・も。アーンド、パ・ン・ツ」

「あっ、あるもんかっ！」

賢太郎は完全に動揺していた。

「うちのカミさんが残していったのは、長いスカートのやつばかりで……」

「へえー、じゃあ、いまからマスターの家に行ってクローゼット見ましょうよ」

「部屋が散らかってるからダメだ」

「クローゼットまで目隠ししてしてもいいですよ」

「あるんでしょっ！」

リサとマキに三たび指を差され、賢太郎はがっくりとうなだれた。賢太郎は元来、嘘をつくのが苦手だった。正直に生きることこそノーストレスの奥義、と信じているところがある。

「ああ、あるとも……あるけどもだ……私はね、娘のように若いキミたちに手脚を出させて……ましてやパンツを客に見せて、それで商売なんかしたくないんだよ……わかってくれ……」

一瞬、しらけた空気が漂い、

「やだもう、そんな深刻にならなくても……」

「冗談ですよ、マスター……」

リサとマキがクスクス笑い、

「えっ、冗談なのか？」

賢太郎は呆然とした顔を向けた。

「冗談、冗談」

「あー、今日もまかないがおいしい」

ふたりは残っていた料理をペロリと平らげると、

「ごちそうさまー」

「おいしいごはんで満腹になるのって本当に幸せ」

満面の笑みで腹をさすった。

「でもさすがに食べすぎた。こりゃ朝までエッチしてカロリー消費しなきゃだね」

「うちの彼氏、最近弱くてさ」

「どの彼氏？」

「三十代」

「ああ、不倫の……」

「でも、今日は仕事させる。最低三回は出してもらう。個人輸入でバイアグラ買っちゃったもんね……」

綾乃がすうっと厨房のほうに消えていく。若いふたりが下ネタを口にしはじめると、かならずそうする。気持ちはよくわかる。賢太郎も立ちあがり、行きたくもないトイレに行こうとしたが、

「ちょっとちょっと、マスター」

リサとマキが声をひそめて手招きしてきた。

「なんだよ……」

ふたりに近づいていくと、

「綾乃さん、絶対にマスターのことが好きですよ」

リサが耳打ちしてきた。

「なっ、なに言ってるんだ……」

「マスターを見る眼つきがエッチですもん、あの人」

逆の耳から、マキがささやく。

「触れなば落ちん、ってやつですね。ラッキー」

「ばっ、馬鹿なことを言うもんじゃない……大人はね、キミたちみたいな発情期とは違うの」

「これどうぞ」

リサが手になにかを押しこんできた。名刺大の紙切れだったが、確かめる前に、

「お先に失礼しまーす」

ふたりは立ちあがって店を出ていった。

賢太郎は紙切れを見た。近所のラブホテルの割引券だった。

まったく……。

賢太郎は啞然とし、苦笑することもできなかった。

ふたりは一生懸命働いてくれているし、集客にも大いに貢献してくれている。だが、そのせいで少し甘やかしすぎたかもしれない。今度下ネタを口にしたら、また雷を落としてやったほうがいいかもしれない……。

「いいですよね、彼女たち……」

いつの間にか、綾乃がカウンターの中に戻ってきていた。

「なんだかとっても自由で羨ましい。わたしが彼女たちくらいのときは、修業で大変だったから……朝は暗いうちから河岸《かし》に行って、夜は遅くまで厨房の掃除……恋愛なんてしてる暇なかったな」

「コックさんの修業っていうのも、大変なんでしょうね……」

賢太郎は遠い眼で言った。

「私なんかはなにも考えずに大学行って、バブルの余韻でそんなに苦労せずに就職できて……」

「バブルのころの大学生って、ものすごく遊んでたんじゃないんですか？」

「いやいや、全然。まあ、ディスコのお立ち台で踊ってる人もいたけど、私なんかはさっぱり……浮いた話はなにもない……って言ったらまずいか。いちおう、初めての恋人ができて……」

「大学時代に？」

「死んだカミさんですけどね」

「えっ……」

綾乃が眼を丸くした。

「じゃあ……最初に付き合った人と結婚したんですか？」

「ハハッ、いまどきそういうのってカッコ悪いかもね」

賢太郎が自嘲気味に笑うと、綾乃は首を横に振った。

「いえ……わたしも……そうだから……亡くした夫が最初にお付き合いした人で
……」

賢太郎は息を呑んだ。

「転勤族だったんで、親には反対されたんです。せっかく一人前にしてやったのに、店で働けなくなるじゃないかって……でもわたしは……二十四歳で初めてできた恋人だったから、絶対結婚するって親を振り切って彼氏にしがみついて……カッコ悪いですよね……」

「いやいや……」

賢太郎はどういう顔をしていいかわからなかった。二十四歳と言えば、果歩子と結婚した年だった。共通点がまたひとつ、見つかってしまった。

3

〈喫茶メイド・クラシック〉がある駅前商店街は、さびれていた。

かつては栄華を誇ったらしいが、国道沿いに巨大ショッピングモールができたことで客足がそちらに流れ、小売店が次々と潰れてシャッター商店街になってしまったらしい。郊外ではよくあることだ。

ただ、ここ数年は元の小売店を改装して酒場を開店する動きが活発化し、昼は静かなのに夜になるとポツポツと提灯や看板に灯りがともる。アーケードのデザインは子供向けのファンシーな感じでも、場末の飲み屋横町のような雰囲気になって、地元の人間を中心に意外な人気を博していた。

賢太郎にも馴染《なじ》みの店が何軒かあった。勤めに出ていたころはあまり利用しなかったが、メイド喫茶のオープン準備を始めてからは、なるべく夕食は外でとるように心掛けるようになった。飲食店は地元の繋がりが大切だと、助言してくれる人がいたからだ。

しかし、その日は馴染みの店ではなく、初めての店の暖簾《のれん》をくぐった。年季の入った店構えの小料理屋である。

連れがいたからだ。綾乃を誘ったので、知っている人のいる店をあえて避けた。

「私、帰りにそこの商店街で一杯飲んでいきますけど、もしよかったら……一緒にどうですか？」

帰り際に声をかけた。若いふたりの赤裸々トークにあてられ、おかしな空気になってしまったからかもしれない。なんとなく、あのまままっすぐ帰宅する気にはなれなかった。

「いや、ほら、いつもまかない飯つくってもらってばかりだから……たまには旨《うま》いもんでもご馳走しますよ」

綾乃は了解してくれた。食事に誘ったのは初めてだったので、了解してくれてホッとした。

ただ、店から徒歩一分のマンションに住んでいる綾乃は、コックスーツで通勤している。いったん家に帰って着替えてから合流することになった。

初めて入った小料理屋は白木のカウンターで、白髪まじりの老夫婦がふたりで切り盛りしていた。雰囲気は悪くない。客が少なくて静かなのもよかった。賢太郎の他は、矍鑠《かくしゃく》とした爺さんがひとりで黙々と燗酒《かんざけ》を飲んでいるだけだった。

瓶ビールを頼んで先に飲みはじめた。

魚が旨そうな店だったので、刺し盛りを頼んだ。綾乃は舌が肥えていそうだが、お通しで出てきた白和《しらあ》えは美味だった。

しかし……。

三十分経っても四十分経っても、綾乃はやってこなかった。彼女の家からこの小料理屋まで五分とかからないはずなのに、遠慮がちに飲んでいた瓶ビールが一本空き、次に頼んだぬる燗のお銚子を空けてもまだ来ない。せっかく豪華な刺し盛りがきたのに、刺身の表面が乾きはじめている。

電話をしようかとも思ったが、やめておいた。なにか事情があるから遅れているのだろうし、最悪来なくてもべつにかまわない。とくに話があったわけではなく、一生懸命働いてくれていることをねぎらいたかっただけなのだから……。

「すみません！　遅くなりました……」

申し訳なさそうに頭をさげながら綾乃が現れたのは、結局、賢太郎が店に入ってから一時間を過ぎてからだった。

「出かける準備に手間取ってしまって、本当にごめんなさい……」

「まあまあ……どうぞ座って。お酒どうします？　ビールでいいですか？」

賢太郎はドギマギしながら隣にうながし、店の人にビールを頼んだ。遅れたことを咎《とが》める気にはなれなかった。遅れた理由が一目瞭然だったからだ。

いつもコック帽に隠されている長い髪がふわふわにセットされ、シャンプーの残り香が漂ってきた。

装いはピンク色の半袖ニットに、白いフレアスカート。顔立ちが美しいので、華《はな》があった。ありすぎるくらいだったので緊張した。一カ月前、初めて店に来たときはもっと地味な、アースカラーの服を着ていたはずなのに……。

「おいしい！」

グラスに注いでやったビールを飲むと、綾乃は眼を丸くし、それからまぶしげに細めた。

「わたし、外でお酒を飲むなんて、本当に久しぶりなんです」

申し訳ないことをした、と賢太郎は反省した。綾乃はひとりで飲みにいくような夕イプには見えない。久しぶりの外食なのに、一日中厨房仕事をした体では、そのまま出ていくことはできなかったのである。女は身支度に時間がかかる。風呂に入って髪を洗ってというところから始めたなら、一時間でも早いほうかもしれない。誘ったときに、もう少し気を遣ってあげればよかった。

「どうですか？　仕事にはもう慣れましたか？」

賢太郎が訊ねると、綾乃は笑った。

「はい。けっこうやり甲斐を感じてます。家からも近いし……それに、お給料たくさんもらえてびっくりしちゃいました」

「お客さんたくさん来て、忙しいですからね。本当はもっと暇な店になる予定だったんですけど……」

「あのふたりのおかげですね」

「いや、綾乃さんのカツサンドも評判いいですよ……大将、ぬる燗一本」

もう四本目のぬる燗だった。完全に酔っていたが、飲まずにいられなかった。

ぶり大根だのキスの天ぷらだのを追加注文したが、料理のせいではない。料理の香りなどものともしない濃厚さで、隣からフェロモンが漂ってくる。シャンプーの残り香、香水の甘い匂い、若い女には感じない熟れた女の艶めかしさ……チラと見ると、ピンク色のニットの胸が、やけに大きく盛りあがっていた。コックコートを着ているときにはわからなかったが、かなりでかい……しかも丸い……。

「マスターの奥さんって、すごい才能ある人だったんですね……」

ビール一杯で、綾乃の頰は早くも桜色に染まっていた。風呂上がりだからかもしれないが、艶めかしさに拍車がかかる。

「あんな素敵なメイド服を自分でつくっちゃうなんて、デザイナーかなにかだったんですか？」

「いやあ、ただの趣味ですよ」

「趣味にしてはすごすぎますよ」

「趣味だから逆に凝れたんじゃないかな。料理だってそうでしょう？　プロはコストを吟味しますけど、趣味ならコストなんて度外視ですから。サラリーマン時代の同僚で蕎麦打ちを趣味にしている男がいたんですが、ざる蕎麦一杯に五千円くらいかかるって言ってましたね」

「あー、なるほど」

綾乃がキスの天ぷらをつまみ、塩をつけて口に運んだ。んっ？　と思った。こちらを見ながら咀嚼《そしやく》しているのだが、口許を手で隠さないのだ。

料理人のくせにいかがなものかと思ったが、綾乃の唇は薄くて上品だ。ただ、真っ赤な薔薇《ばら》の花びらを彷彿とさせるほど赤い。それが油に光って、ヌラヌラしている。

なんというか……エロい。

賢太郎はぬる燗を呷《あお》った。

俺はいったいなにを考えているのだと、自分を叱りつけた。こちらは雇い主で、向こうは従業員。間違っても、エロいと思っていい相手ではない。だいたい、〈喫茶メイド・クラシック〉は、亡妻の供養のために始めた店である。それを手伝ってもらっている人に、下心なんて抱いたら人間のクズである。

綾乃のグラスが空いたので、ビールを注いでやった。口の中の油を流すためだろう。

綾乃は一気に半分ほど飲んだ。グラスに触れている真っ赤な唇に眼がいく。見てはならないと思うと、今度はこくんこくんと動いている白い喉に視線を奪われる。

「あっ、あのう……」

あわてて話題を探した。

「たしか前に、五年ぶりの社会復帰って言ってたと思うんですけど、最近は働いてなかったんですか？」

「ええ……」

眼を伏せた綾乃の雰囲気が変わった。初対面のときに感じた、愁いを帯びた暗い色香が漂ってきた。

「五年前に夫を亡くしてからなにもする気がしなくて……引きこもりっていうんですかね？　貯えもあったし保険金も入ってきたから、生活には困らなかったんですけど……実家からは帰ってこいって何度も言われました。でも、実家のお店はもう、弟夫婦が継いでいて、わたしの居場所はないし……毎日ボーッとしているうちに五年……馬鹿みたい……」

「そんなことないですよ……」

賢太郎は苦りきった顔で言った。

「連れあいを亡くした喪失感って、時間が経てば経つほど堪《こた》えるというか……私も三年経ってから、このままじゃいけないって、一念発起して店を……」

「わかります。わたしもこのままじゃいけないって思ってるときに、〈喫茶メイド・クラシック〉のホームページを見つけて……やっぱり、昔ながらの洋食が好きなんでしょうね。夫の転勤について大阪や広島に行ったとき、うどん屋さんやお好み焼き屋さんで働いていたんです。最初は新鮮だったんですけど、やっぱり、なんかしっくりこない……」

「まあ、東と西じゃ味も違うから……」

「そんなとき、うちのお店のホームページを見て、ナポリタンとかチキンライスとか書いてあったから、これだ！　って……メイドさんの募集とは気づかず……」

「助かりましたよ、ホントに」

「そんな、わたしなんて……」

「そのうち、カツサンドだけじゃなくて、本格的な洋食メニューも出したらいいんじゃないかな。タンシチューとかポークソテーとか」

「単価が高くなっちゃいますよ」

「あのふたりが魔法をかけてくれるから大丈夫でしょう」

眼を見合わせて笑った。

「実際、彼女たちには感心してますよ。正直、私はそんなに儲けるつもりで店を始めたわけじゃないです。閑古鳥が鳴いてる店でのんびり働くのもいいかなと……でも、あの子たちはそういうのが許せないらしい。集客のためにアイデアを出して、SNSで宣伝して、あっという間に人気店だ」

「本当に……」

「少しは見習わないとなあ」

「でも、すごい体力ですよね。午前中は大学に行って、午後はお店で働いて、それから朝まで……」

綾乃が口を押さえた。天ぷらを食べているときも隠さなかった口許を隠して、眼を真ん丸に見開いている。

失言してしまった、と顔に書いてあった。「それから朝まで……」の続きは、はっきり言ってセックスだ。若いころであれば、賢太郎も一緒になって固まって、気まずい沈黙が続いたに違いない。

しかし、さすがに五十路《いそじ》になってみれば、女に恥をかかせない振る舞いくらいできるようになっていた。

「アハハ、若いってそういうことじゃないですかね。私は奥手だったから、三十歳くらいのときがいちばん盛んだったかな……したくてしたくて、朝まで妻を離せなくて……妻のほうも嫌いじゃなかったから、しっかり応えてくれたりして……」

どうやら、自分の話術を過信していたらしい。

綾乃は下ネタトークが心の底から苦手らしく、真っ赤になった顔を伏せた。そのまま五分くらい、口を開こうとしなかった。

4

ひとりだったらたぶん、『サザエさん』に出てくる波平《なみへい》のような千鳥足《ちどりあし》になっていたに違いない。

賢太郎はしたたかに酔って小料理屋を出た。空にぽっかりと満月の浮かんだ夜道を、綾乃と肩を並べて歩いた。自宅までの帰り道は、〈喫茶メイド・クラシック〉まで一緒だった。

失言を失言で返すという大失態を犯してしまったものの、彼女も大人の女だった。五分間の沈黙のあとは、元の雰囲気に戻って楽しく飲んだ。

下ネタにさえ注意すれば、話しやすい女だった。美人なのに、それを鼻にかけない気さくさがある。コックスーツを着ているときはプロの顔をしているが、髪をおろしてピンク色のニットを着ていれば、女らしさが匂いたつ。

久しぶりに、旨い酒を飲んだ気がした。

妻を亡くしてから三年間、ずっとモノクロームだった日々の景色に、急に色が差したような、そんな感じだった。

「ああ、なんか気持ちいい……」

綾乃が眼をつぶり、夜風を顔に受ける。賢太郎ほどではないが、彼女も酔っていた。瓶ビールを飲み干したあと、ぬる燗を三本空けていた。

酔っていることに加え、ハイヒールを履いたのも久しぶりなのかもしれない。足元が覚束《おぼつか》ず、尻を振るようにして歩いているから、白いフレアスカートの裾《すそ》がやけに揺れている。

リサやマキに比べて、ずいぶんと尻が大きかった。三十五歳の熟女らしく、脂《あぶら》がのっている。ちょっとアヒルっぽく見えるのが可愛らしい。

できればもう一軒くらい一緒に行きたかったが、誘うことは厳に慎んだ。彼女は妻でも恋人でもなく、店の従業員なのだから……。

「あっ……」

不意に綾乃が立ちどまった。〈喫茶メイド・クラシック〉の前だった。そこでふたりは、別々の道に分かれるはずなのだが……。

「お店の灯り、消しましたよね？」

「ああ、もちろん」

「灯り、ついてませんか？」

夜闇に眼を凝らすと、たしかについていた。全部ではないが、窓の奥がオレンジ色にぼうっと光っている。店を出る前に、すべての照明は消したはずだが……。

「やだ……」

綾乃が後退《あとずさ》った。

「誰か……いる」

「嘘だろ？」

賢太郎はさらに眼を凝らした。ゾクッと胆《きも》が冷えた。影が動いていた。人影だ。

「けっ、警察に電話しますか？」

綾乃が上ずった声で言ったが、

「いや、ちょっと待って……」

賢太郎は手をあげて制した。

最近、このあたりを荒しまわっている空き巣がいるという話を、耳に挟んだことがあった。商店街にある質屋と時計屋が被害に遭《あ》っていた。そして、このあたりを管轄している警察が呆れるほどダラけきっているのは、地元では有名な話だ。一一〇番しても、迅速に現場にやってこないらしい。パトカーを待っている間に賊を逃がしてしまっては、被害が増える一方だ。

「キミはもう家に帰りなさい」

「マスターは……」

「泥棒退治してから帰るさ」

綾乃に笑顔で別れを告げ、裏口にまわった。鍵《かぎ》がかかっていたので、物音を立てないように注意しつつ開けた。裏口の鍵がかかっているということは、賊は正面扉の鍵を壊して中に入ったのだろうか？　大胆にも程がある。泥棒相手では弁償もさせられないだろうから、仕置きをしなければ溜飲がさがらない。

裏口を入ってすぐのところに立てかけてある木刀を握りしめた。賢太郎は剣道二段の腕前だった。真面目にやっていたのは高校生までだが、社会人になってからも、ボランティアでチビッ子に稽古をつけていたことがある。

相手が素手で、こちらに木刀があれば、剣道は三倍段に相当する。二段×三で六段。たとえ相手が空手五段の猛者《もさ》でも、こちらが有利なはずだ。

抜き足差し足で店内に入っていった。裏口から入ると、まず廊下がある。進むと左側にカウンター、右側に更衣室とトイレ。その先はホールで、照明は一箇所だけついていた。ダウンライトだから、店内全体は薄暗い。壁際に身を隠して、ホールの様子をうかがう。人影はふたり。いや……。

「うんっ……ぅんんっ……」

鼻にかかった声が聞こえた。女の声だった。チュパッ、チュパッ、じゅるるっ、とおかしな音も耳に届く。薄闇に眼が慣れてくる。

おいおい……。

男がふたり立っていた。その足元に、女がふたりひざまずいている。ひとりは黒髪のスーパーロング、もうひとりは茶髪のショート。服は……亡妻の形見であるメイド服だ。

あいつら……。

木刀を握りしめた手が、怒りに震えだした。こちらに背中を向けていても、リサとマキであることは疑いを入れなかった。合鍵を渡してあるので、彼女たちなら鍵を壊さなくても店内に入れる。

空き巣でなかったことにはひとまず安堵したが、空き巣よりタチの悪いことが目の前で繰りひろげられていた。リサとマキはフェラチオをしているようだった。仁王立ちフェラだ。

しかも、一対一ではなく、二対二だ。これから四人で乱交パーティを行なうつもりらしい。いや、それはもうすでに始まっている。人の店で……亡妻の形見のメイド服を着て……。

どうしたものかと、歯噛みをしながら考えた。木刀片手にホールに躍りだしていけば、いまは勃起しているはずの男たちは一瞬にして萎《な》え、リサとマキはシュンとするだろう。根は素直なふたりだから、上目遣いで謝ってくるかもしれない。小一時間説教してそれで解放、ということで収拾がつくだろうか？

リサとマキも、ああ見えてまだ二十歳の女の子だ。仲のいい友達同士で乱交パーティをすることはできても、雇い主である五十男にフェラチオをしているところを目撃されたりしたら、傷ついてしまうのではないだろうか？

もちろん、目撃してしまったこちらだってひどく気まずい。明日から普通に接する自信がない。となると、やめてもらうのがいちばんいいのだろうが、いまやあのふたりは〈喫茶メイド・クラシック〉の二枚看板だ。賢太郎が風邪で寝込んでも店は営業できるだろうが、リサとマキがいなくては休業するしかない。

「そろそろ交替しようよ」

リサの声がした。

「うちらパンツ穿いてないから、スカートの中に入ってマンマン舐めて」

マキが立ちあがる。

男たちは、立ちあがったふたりの女のスカートの中に、頭を突っこんでいった。リサとマキは立ったままあんあんと声を出し、そのうち片足を椅子にのせた。もちろん、クンニリングスをやりやすくするためだろう。

なにをやっているんだ。なにを……。

怒りに震える賢太郎を嘲笑《あざわら》うように、リサとマキがハアハアと息をはずませる。横顔が見えている。頬がみるみる生々しいピンク色に染まっていき、きゅっと眉根を寄せた顔がいやらしすぎる。

賢太郎は勃起してしまった。

自分で自分にショックを受けた。リサやマキはたしかに可愛いけれど、異性として意識したことなどない。するわけがない。〈喫茶メイド・クラシック〉は、娘世代の若い女の子を綺麗な装いで働かせるのがコンセプトだ。自分たち夫婦は子供ができなかったから、それが果歩子の夢だったのだ。

なのに、股間のイチモツは硬くなっていくばかりで、そのうちズキズキと熱い脈動まで刻みはじめた。

自己嫌悪で膝から崩れ落ちそうだった。リサとマキの行動は許されるものではないけれど、勃起してしまったからには、こちらの負けだと思った。彼女たちも度《ど》し難《がた》いスケベだが、こちらだって似たようなものであることが証明されてしまったわけだ。勃起しながら説教する男くらい、間抜けな存在はない。

しかたがない、か……。

二度とこういうことが起こらないように、なんらかの手を打つ必要はある。だが、今度ばかりは見逃してやろう。武士の情けで、見て見ぬ振りをしてやる。

そう思い、踵《きびす》を返そうとすると、背中になにかがあたり、息がとまった。恐るおそる振り返ると、綾乃が立っていた。身をすくめ、両手で竹箒《たけぼうき》を握りしめて……。

なにやってんだ……。

帰ったはずの彼女の登場に、賢太郎はパニックに陥りそうになった。竹箒を握りしめているということは、それで泥棒退治をしようと思ったのか？　まさかこんな夜中に、竹箒で店内を掃除しようとは思わないだろう。

剣道二段の話は、この店では誰にもしていなかった。つまり綾乃は、自分を心配して、押っ取り刀で駆けつけてくれたのだ。そう思うと胸が熱くなったが、感動している場合ではなかった。

「ああんっ、いいっ……気持ちいいっ……」

「クリちゃん吸って……クリちゃん吸って……」

リサとマキはいよいよ本格的によがりはじめており、淫らな声がはっきりと聞こえてくる。酒席での軽い下ネタでも真っ赤になって五分も沈黙する綾乃には、耳の毒にしかならない。

だが、裏口のほうに体を押しても、綾乃は動かなかった。微動だにしない感じだ。顔を見ると、切れ長の眼を真ん丸に見開き、唇をぶるぶる震わせていた。

まるでひきつけを起こした子供だった。ホールでなにが行なわれているか、気づいてしまったらしい。ショックのあまり、金縛《かなしば》りに遭ったように動けなくなったのだろうか？

どっ、どうするんだよっ……。

賢太郎は頭を抱えたくなった。

強く押して綾乃を倒してしまったら大変だし、強引に手を引っぱって裏口に向かい、悲鳴をあげられても困る。そのときの彼女は、ちょっとのことで叫び声をあけてしまいそうな、危うい感じがしてしようがなかった。

5

ひとまず、綾乃が冷静さを取り戻してくれるのを待つほかなかった。

しかし、事態は彼女と賢太郎の冷静さを奪う方向に進んでいくばかりだった。

「あーん、もう欲しいよう」

「オチンチン欲しい……オチンチン欲しい……」

リサとマキはメイド服の裾をめくりあげて、白く輝く小ぶりのヒップを左右に振った。セミロング丈《たけ》のメイド服は、構造上そう簡単に裾をめくれないはずだが、下にパニエを着けていなかった。

裾をめくった瞬間、ヒップばかりではなく、前も見えた。ふたりともパイパンだった。立っているのに割れ目の縦筋が見えていたので、賢太郎の息はとまった。

見てはならないものを見てしまった気がした。しかし、振り向けば、眼を見開いている綾乃が電池の切れたロボットのように一点を見つめて立っている。一点とはつまり、ホールの乱交パーティだ。

そんな綾乃の顔も見ているのも怖くなり、賢太郎はうつむいているしかなくなった。それでも、気配に釣られてチラチラとホールを見てしまう。リサとマキがテーブルに両手をつき、尻を突きだして立ちバックの体勢を整える。ペニスを反り返した男たちが、ふたりのメイドに挑みかかっていく。

「んんんっ……」

「あああっ……」

入れられたようだった。パンパンッ、パンパンッ、と尻を打ち鳴らす音が、二重奏で聞こえてきた。そこに若い女のあえぎ声の二重奏がクロスする。ふたりともアニメチックな声をしているから、あえぎ声もあんあんと可愛らしいのだが……。

うつむいていることに耐えられなくなり、ホールを凝視してしまった。

リサもマキも、こちらに顔を向けていた。リサは眉根を寄せて鼻の穴を大きくふくらませ、マキはいまにも白眼を剝きそうな顔で舌をダラリと伸ばしている。

身も蓋もない、と悲しくなった。昼間、この店で給仕をしているふたりは、あれほど清楚なのに……西洋人形のような高貴さで店内の空気を凜とさせ、マシンガントークの八百屋の大将さえ黙らせるのに……。

しかし、身も蓋もないふたりのよがり顔が、賢太郎の股間を熱くする。イチモツが硬くなりすぎて、痛いくらいだ。

「あぁーんっ、あたってるっ……いいところにあたってるっ……」

「もっとちょうだいっ……もっとちょうだいっ……」

みずから身をよじって肉の悦《よろこ》びをむさぼるふたりの姿は、浅ましいとしか言い様がなかった。彼女たちにしても、まさか賢太郎たちにのぞかれているとは思っていないから、淫らな百面相を行なっているのかもしれない。正常位は男に顔を見られるが、バックでは見られないから思いきりよがることができる——それが女の本音だという話を聞いたこともある。

それにしても……。

さすがにいやらしすぎるのではないだろうか？

ふたりのよがり顔からは、女の悦びを知り抜いた、牝《めす》の匂いがぷんぷんと漂ってきた。どちらもまだ二十歳である。賢太郎などそこから四年間も清らかな童貞だったのに、いったいどれだけ場数を踏んでいるのか……。

そのときだった。左手になにかが触れ、賢太郎はビクッとした。右手には木刀を握りしめているが、左手にはなにも持っていない。

ぎゅっと握られた。もちろん、綾乃が握ってきたのだが、手汗がすごかった。賢太郎のほうもそうだったから、手のひらがヌルッとすべる。

それでも、綾乃は執拗に握ってきた。ロボットのような眼つきは変わっていなかったが、冷静さを取り戻したというサインなのかもしれなかった。手を繋いだまま、ゆっくりと裏口のほうに後退ると、綾乃もついてきた。

助かった……。

これでようやく脱出できる。

裏口を出て、静かにドアの鍵を閉めた。ふーっ、と長い溜息をつく。

まったくひどい目に遭ったと思いながら、額の冷や汗を拭《ぬぐ》った。すっかり酔いが覚めてしまったので、綾乃を家まで送ってから、またひとりで飲み直しにいこうと思った。このままでは、とても眠れそうにない。

ところが、振り返った瞬間、綾乃が胸に飛びこんできた。体重をかけられ、賢太郎はもう少しで尻餅をついてしまうところだった。

上目遣いにこちらを見てくる綾乃の眼は、先ほどまでの一点を見つめるロボットの眼ではなくなっていた。

瞳がねっとりと潤んでいた。

ロボットでもなかったが、いつもの彼女でもなかった。

獣《けもの》の牝の眼をしていた。

「あっ、いやっ……そのっ……」

戸惑う賢太郎の首に、綾乃の両腕がからみついてくる。言葉を継ぐ隙もなく、ぐっと引き寄せられて唇が重なった。綾乃はすぐに舌を差しだし、賢太郎の口をこじ開けてきた。舌と舌がからみあうと、日本酒の甘い香りがした。一瞬うっとりしてしまったが、うっとりしている場合ではなかった。

そこは店の裏側で、昼間でも陽のあたらない粗大ゴミ置き場のようなところだった。人が通りがかることはないだろうが、だからといって従業員と舌を吸いあっていていいはずがない。

綾乃の抱擁は力強く、迫りだした胸のふくらみをぐいぐい押しつけられた。それにも戸惑うしかなかったが、こちら側の下半身も彼女にあたっている。体を押しつけられると、勃起しているのがバレてしまう。

なんとか落ち着けようと背中をさすってみたものの、綾乃はそれを愛撫と受けとめたらしく、身をよじりはじめた。こちらを見る眼が、ますます潤んでくる。欲情の涙に潤みすぎて、瞳が溺れてしまいそうだ。

まいっちゃったな、おい……。

どうやら、若いふたりのふしだらな姿にあてられ、欲情に火がついてしまったらしい。キスをしているだけで、綾乃の興奮は伝わってきた。口の中がやけにトロトロしていると思ったら、唾液を大量に分泌しているからだった。

気持ちはわからないでもない。綾乃は三十五歳、女の性感が熟れて、セックスがしたくてしようがない年ごろだ。

果歩子もそうだった。二十代のころは、こちらに付き合ってくれている感じだったが、三十路《みそじ》を過ぎたあたりから騎乗位に目覚め、三十代半ばのころは、我が妻は淫乱なのではないかと思ってしまうくらい、激しく腰を振りたててきた。

それが妻ならば、淫乱であろうが淫獣であろうが、べつにかまわない。むしろ嬉しいが、綾乃は店の従業員である。

興奮しているのはよくわかるし、賢太郎だって興奮していたが、興奮にまかせた行動の顛末《てんまつ》を予測できないほど、若くはなかった。

どうしたって、明日のことを考えてしまう自分がいる。右を見たら掟破《おきて》りの乱交パーティをしていた若牝が二匹、左を見たら勢いで青カンしてしまった未亡人では、身の置きどころがなくなってしまうではないか。

「ちょ、ちょっと落ちついて……一回落ちつこう……」

キスの合間に声をかけても、きっぱりと無視された。それどころか、綾乃は突然しゃがみこむと、賢太郎のベルトをはずしはじめた。

「いや……そっ、それはまずいからっ……」

焦ったところで、大きな声は出せない。店の中にはリサとマキがいる。まだ絶賛交尾中であろうが、声が聞こえれば様子を見にくるだろう。

あたふたしているうちに、ズボンとブリーフをさげられた。イチモツは、もちろん勃起していた。綾乃はためらうことなく、亀頭を口に含んだ。生温かい口内粘膜が、敏感な部分をぴったりと包みこんだ。

「うっ……くっ……」

賢太郎は天を仰《あお》いで首に筋を浮かべた。この三年間、手淫でしか刺激していないところだった。それも、若いころのように頻繁にしているわけではないから、ペニスは異常に敏感になっていて、ヌメヌメした淫らな感触が芯まで染みてきた。

そもそも賢太郎は、果歩子が生きていたときだって、フェラチオはそれほどしてもらわなかった。

賢太郎にはやはり、可愛い妻の口唇を穢したくないという思いがあったし、初夜のときはあれほどフェラチオをやりたがった果歩子も、本心ではそれが苦手だったのだ。時折思いついたようにやりたがる時があったが、「果歩子が欲しいよ」とささやいてやると、すぐに結合に移行した。やはり、フェラチオで燃えるタイプの女ではなかったのである。

となると、テクニック的にも上級者なわけがなく、そういう妻とのセックスしか知らない賢太郎は、綾乃のフェラに度肝を抜かれた。

唾液をたっぷり分泌した口で、じゅるっ、じゅるるっ、としゃぶりあげられた。わざと音をたてている感じもいやらしすぎたが、唾液ごとペニスを吸いしゃぶられるのは、経験したことがない快感だった。

さらに、強弱のつけ方がうまかった。基本的にはソフトに吸ってくるのだが、時折双頬をべっこりとへこませて、思いきり吸引してくる。まるで男の精を吸いだそうとするように……。

バキュームフェラ、というやつなのかしれなかった。スポーツ新聞のエロコラムで知った言葉だが、自分には一生縁がないと思っていた。

だが、それをいまされている。強く吸っては裏筋を舌先でチロチロとくすぐられ、もっとも敏感なカリのくびれの上で、つるつるした唇の裏側を滑りだす。暗くてよく見えなかったが、あの薔薇の花びらのような唇でされていると思うと、それだけで身震いがとまらなくなってしまう。

「おおおっ……おおおっ……」

始まって一分で、完全に翻弄《ほんろう》されていた。賢太郎は野太い声をもらしながら身をよじり、もっと深く咥《くわ》えてほしいとばかりに腰を反らせてしまった。

綾乃は応えてくれた。そこまで咥えるの？　と驚くほど深く咥えこんでは、ゆっくりと抜いていく。それが繰り返される。次第にピッチがあがっていく。頭を振って唇をスライドさせ、ピストン運動のような快楽を与えてくれる。

まずい……。

ペニスの芯が熱く疼《うず》きだしたのを感じ、賢太郎は焦った。

出してしまいそうだった。口内射精なんてしたことがないが、もう我慢できそうになかった。綾乃の口唇を穢さないためには、ペニスを抜いて自分でしごき、そのへんに射精するしかない。

恥を忍んでそうしようと思っても、綾乃は許してくれなかった。いつの間にか賢太郎の尻を抱きかかえ、ノーハンドでペニスをしゃぶっていた。

「でっ、出るっ……もう出るからっ……」

声をかけても、無視された。それどころか、頭を振るピッチをあげてくる。ヘッドバンキングのように激しく振りたてながら、芯の疼いているペニスを思いきり吸いたてる。

「でっ、出るっ……もう出るっ……ぐぐぐぐうーっ！」

声をあげるのだけはなんとか堪《こら》えたものの、次の瞬間、下半身で爆発が起こった。ドクンッ、と勢いよく熱い粘液が放出された。いや、そう思ったが、実際には綾乃に吸われていた。いつもより勢いよく精液が尿道を駆け抜けていく感覚は、ペニスの芯に灼熱《しゃくねつ》が走り抜けていくようなものだった。

「ぐううっ……ぐううっ……」

ドクンッ、ドクンッ、ドクンッ、と畳みかけるように訪れる射精の快感に身をよじりながら、賢太郎はガクガクと両膝を震わせた。

たまらなかった。

いままで味わったことのない衝撃に全身の震えがとまらず、頭の中が真っ白になっていく。天を仰いでぎゅっと眼を閉じると、瞼《まぶた》の裏に歓喜の熱い涙があふれた。これほど気持ちのいいフェラチオは経験したことがなく、一瞬、フェラチオをしているのが誰で、ここがどこかもわからなくなったほどだった。

射精は長々と続き、普段の倍以上の時間をかけて最後の一滴まで美熟女に吸いつくされた。

しかも、綾乃は賢太郎の放出したものをすっかり嚥下《えんげ》すると、さらにお掃除フェラまでしてくれた。白濁した粘液が付着した亀頭をペロペロと舐められ、鈴口をチュッと吸われた。

なんだか王様にでもなった気分だったが、正気に戻ったときのことを考えると恐ろしくてしかたなかった。

賢太郎はいましばらくの間、現実から逃避するように未亡人が与えてくれる快楽に身を委ねていようと思った。

第三章　熟女とメイド服

1

賢太郎が店に行くのは、毎日だいたい午前十一時ごろだ。

〈喫茶メイド・クラシック〉の営業開始は正午からだから、一時間前ということになる。だが、その日は二時間前、午前十時には店に行った。やるべきことがいろいろとあったからだ。

まず、窓という窓を全開にして、空気を入れ換えた。リサとマキがセックスしたあとの空気がこもったまま、店を営業する気にはなれなかった。

それから、店内を綺麗に掃除した。掃除は毎朝の日課だが、いつもの倍の時間をかけた。床に使用済みコンドームが落ちていないかチェックし、テーブルや椅子もすべてアルコール消毒。まるでラブホテルの清掃員になったような気分だったが、やることはまだ残っている。

更衣室に入り、ふたりが昨日着ていたメイド服をハンガーから取った。すべてディテールのデザインが違うのだが、リサが三番でマキが八番だった。しっかり記憶に残っている。それだけを持ちだすと怪訝《けげん》に思われそうなので、他にも二、三着取って、近所のクリーニング屋に出しにいった。演劇の衣装のようなものなので特別料金をとられるが、亡妻の形見を発情牝の匂いをつけたままにはできない。

店に戻ると、コーヒーを淹れて、『愛のセレナーデ』をかけた。

何回聴いても、気分は落ち着かなかった。むしろ『愛のセレナーデ』をリピートするたびに、心が千々に乱れていった。

昨夜から、果歩子には心の中で何度も土下座している。彼女は自分しか男を知らずに天国に行ったのに、あろうことか浮気をしてしまった。キスをして、フェラチオをされ、射精した——セックスまでしていないのが救いと言えば救いだが、果歩子は許してくれるだろうか。

彼女の生前、他の女に目移りしたことなんてないから、浮気がバレたときのことをリアルに想像できなかった。それがよけいに、モヤモヤした気持ちに拍車をかける。

それに……。

問題は天国にいる果歩子より、リアルな現実のほうだった。果歩子が怒っているならあの世に行ってからいくらでも叱っていただいてけっこうだが、目の前の問題はいますぐなんとかしなければならない。

綾乃である。

いま彼女に店をやめてもらっては困るのだ。

なるほど、〈喫茶メイド・クラシック〉の二枚看板は、リサとマキかもしれない。彼女たちのアイデアと努力で営業が軌道に乗ったことは疑いを入れないが、あのふたりは本当に危なっかしい。「うちら今日でやめます」といつ言いだしてもおかしくない感じがする。

その点、綾乃は安定している。彼女の料理の腕をもっとフィーチャーすれば、店の未来も安泰だと思っていた。メイドがいる以外にも、「洋食のおいしい喫茶店」というもうひとつの売りをつくるのだ。

そうすれば、リサとマキが去り、彼女たちのファンが来なくなっても、充分に店はやっていけるだろう。冷たい言い方になるが、メイドさんの代わりはいても、綾乃ほど腕の立つコックがそう簡単に見つかるとは思えない。

となると……。

昨夜の出来事を、うまいこと揉み消す必要があった。悩みに悩んだ挙げ句、次のような作戦を決行することにした。

綾乃がやってきたら、まず明るい笑顔で挨拶し、そして言うのだ。

「昨日は酔っ払って迷惑かけなかった？　なんか小料理屋を出たあたりから、記憶がなくなっててさ。もし迷惑かけてたらごめんね」

日本酒の味がしたディープキスから、バキュームフェラで射精に至った衝撃的な快感までつぶさに記憶しているけれど、とにかく覚えていないで押し通す。

もちろん、そんなに都合よく記憶喪失になったりはしないと、綾乃だって思うだろう。だが、そこは大人の掛け合いだ。こちらが覚えていないと強弁すれば、なにがあったのか順序立てて説明するほど、野暮《やぼ》な女ではないと信じたい。綾乃にしてもこの店の仕事に手応えを感じているようだし、五年ぶりの社会復帰を台無しにしたくないはずだった。

阿吽《あうん》の呼吸で共犯者になり、すべてを闇に葬る——いままでの良好な関係を続けるには、それしかなかった。

しかし……。

窓の外に白いコックコート姿の綾乃が見え、とりあえず出勤してくれてよかったと安堵したのも束の間、店に入ってくるなりフライパンで顔を隠した。

ピカピカに磨きあげられた銅のフライパンだった。フライパンの中でももっとも高級と言われるそれは、この店の備品ではなかった。彼女の私物に違いない。

綾乃はフライパンで顔を隠したまま、そそくさと厨房に消えていった。

なんということをしてくれるのだ……。

賢太郎は天を仰ぎたくなった。

いくら顔を合わせるのが気まずくても、そんなことをしたら、昨夜の記憶がしっかり残っていると白状しているようなものではないか。ディープキスもバキュームフェラも精子ごっくんもお掃除フェラも……。

信じられなかった。

すべてを闇に葬る作戦は、発動できないままあっけなく不発に終わってしまった。

その日は、賢太郎にとって試練の日となった。

綾乃と気まずいだけではない。

リサとマキがいつまで経っても店に来なかった。メイド服は着るのに時間がかかるので、いつもは開店十五分前には来ているのだが、一分前になってもまだ来ない。

あいつらふざけやがって……。

電話をしても、出なかった。こちらは昨夜の不始末に眼をつぶってやろうとしているのに、無断欠勤とはいい度胸である。はらわたが煮えくりかえっていたが、メイドがいなければメイド喫茶はオープンできない。臨時休業にするしかないと思ったが、店の前にはすでに五人ほどの行列ができていた。

しかたなく、店を開けた。

リサとマキがさっさと来てくれることを祈るしかなかった。息せき切ってやってきたら、遅刻は不問にしてやろうと思った。正午を三十分過ぎても来なかった。白い眼でこちらを見てくる客はオタクっぽい連中ばかりで、リサとマキのファンであることは間違いなかった。賢太郎は針のむしろに座らされている気分だった。

「ちょっとお……」

午後一時が迫ってくると、苛立《いらだ》っていた客たちがついに声をあげた。

「メイドさんはどうしたの、メイドさんは？」

「そうだよ。どうしておっさんが運んでくる飯を食わなきゃいけないんだよ」

「こっちはリサちんとマッキーに会うために、はるばる電車で一時間もかけて来てるんだぞ」

「メイドのいないメイド喫茶なんてありえないだろ、この野郎」

「テメエ、ナメてんのか？　コミュ障《しょう》のオタクだと思ってナメてんのか？」

賢太郎は青ざめ、深々と頭をさげた。

「すいません！　リサさんとマキさんは、いまちょっと連絡がつかなくて……病《やまい》で伏せってたりするんですかねえ、いやはや、私もほとほと困っておりまして……」

「じゃあ、代わりのメイド出せよ、この野郎」

「テメエ、ナメてんのか？　コミュ障のオタクだと思ってナメてんのか？」

「そうおっしゃられても、代わりのメイドさんなんて……」

賢太郎はふうっと深い溜息をついた。

「わかりました。本日はお代無料でけっこうですので、それで勘弁してください」

「勘弁するわけねえじゃねえか」

「メイドがいないなら、交通費も払え」

「弁護士立てて訴訟起こすぞ。行政指導受けてみるか、この野郎」

「テメエ、ナメてんのか？　コミュ障のオタクだと思ってナメてんのか？」

話にならなかった。

2

「ちょっといいかな……」

厨房にいた綾乃を手招きし、更衣室に呼んだ。眼は合わせなかった。彼女も合わせてこない。

「あの……メイドさん、やってもらえない？」

眼を見ないまま小声で頼むと、

「わっ、わたしがですか？」

さすがに驚いた声をあげた。

「いやね！　なんていうか、その……今日の客はイカれた連中ばかりでさ。メイドなしじゃ勘弁してもらえそうにないんだよ。たしかに、メイド喫茶の看板出してて私のような冴えない中年男が給仕してたら、怒るのも当然かもしれない。だからその……形だけでも……キミがやってくれれば……」

「できません」

綾乃の声は聞いたこともないほど冷たかった。

「もう少し若かったら……せめて二十代半ばだったらできたかもしれませんけど、わたしもう三十五ですよ」

「年齢の問題じゃなくて、綾乃さんは綺麗だし……」

「嘘ばっかし」

綾乃は吐き捨てるように言った。

「いまさらそんなこと言われても、マスターの言葉なんて信じられません」

声が尖っていた。「いまさら」という言葉が気になった。もしかして、昨夜フェラをされたあと、なにも言わずに別れたことを気にしているのだろうか。キミのように綺麗な人にしゃぶられて、天にも昇る気持ちだったとでも言えばよかったのか。人間、思っていても口にできない言葉があるではないか。

「頼むっ！」

賢太郎は土下座した。

「本当なら、ここは客に土下座して謝るところなのかもしれない。でも、このままじゃ悔しいんだ。あんな連中に頭さげるのは嫌なんだ。だから頼む！　この通りだ。あのふたりが来るまで、なんとか場を繋いでもらえないか？」

床に額をこすりつけた。言葉は返ってこなかった。そうっと顔をあげた。卑屈な上目遣いで見上げると、キッと睨まれた。

「どうしても、ダメかい？」

綾乃はぶんむくれた顔でコック帽を取ると、バーンと壁に投げつけ、

「着替えますから、出ていってください」

怒りに震える声で言い放った。

メイド服姿の綾乃がホールに出ていくと、「おおうっ」とどよめきが起こった。

賢太郎は厨房を引き受けていたが、さすがに気になってカウンターの中にまで出てきている。

「いらっしゃいませ……本日は遅くなりまして、すみませんでした……いらっしゃいませ……」

客は五人から八人に増えていたが、綾乃はその一人ひとりに、丁寧に頭をさげてまわった。

瓜実顔の美貌が、緊張でひきつっていた。なにしろ、その場にいる全員が、リサとマキのファンなのだ。こういうときに限って、近所の客は誰もいない。心やさしき中年男なら誰がメイドさんでも笑って許してくれそうだが、オタクは自分の嫌いなものに対してとことん厳しい。

賢太郎は腹を括《くく》っていた。

もし、綾乃を傷つけるような暴言を吐くやつがいたら、飛びだしていって外につまみだし、今日は営業終了にするつもりだった。経営者である以上、従業員は体を張ってでも守らなければならない。

だが、それは杞憂《きゆう》に終わった。

綾乃を見た客はもれなく笑顔を浮かべ、「俺、コーヒーおかわり」とか「ビザトーストもう一個食っちゃおうかな」などと追加注文をしている。うっとりと眼を細めている者もいれば、溜息がとまらない者もいる。

よし――賢太郎は心の中でガッツポーツをつくった。

メイド姿の綾乃を見たとき、賢太郎もその美しさに魅せられた。若さや可愛らしさではリサやマキに敵《かな》わなくても、亡妻の形見であるエレガントなメイド服は、綾乃のほうが似合っていると思ったくらいだ。

なんというか、リサやマキが若王子の世話をしているメイドなら、綾乃は王様に仕えている感じで、同じメイドでも格が違う雰囲気なのである。

秋葉原経由のオタクどもに通用するかどうかはわからなかったが、立派に通用していた。「写真、いいですか?」という客がひとり現れると、俺も俺もと、ほとんど撮影会の様相になり、結局、給仕は賢太郎がすることになった。

あれほど口汚く罵《ののし》ってきたくせに、賢太郎がドリンクやフードを運んでいっても文句を言う客はひとりもいなかった、先ほどいちばん狂気走った眼で嚙みついてきた自称コミュ障のオタクまで、「グッジョブ」と親指を立てた。

リサとマキは、閉店まで姿を現さなかった。

もはや事故にでも巻きこまれたのではないかと心配する気持ちになったが、さすがにふたり揃ってということはないように思え、留守番電話とＬＩＮＥにメッセージを残すに留めた。

それよりも心配なのは、綾乃だった。

閉店まで笑顔を絶やさず接客してくれたが、最後の客が帰っていくと、ホールの椅子にすとんと腰をおろし、放心状態に陥った。

コーヒーを淹れてやっても、手をつけなかった。

食事に誘っても無視された。閉店から一時間経っても、まだ椅子に座ったままぼんやりしている。

疲れきっているのは、見ているだけで伝わってきた。午後一時から七時の閉店まで、綾乃はほとんど写真ばかり撮られていた。全部で五、六十人は相手にした。まるで地下アイドルのようなものだった。

接客はやったことがあるかもしれないが、彼女の本職はコックである。人にちやほやされることや、写真を撮られることが大好きなリサやマキと違って、基本的に裏方の人間だ。その心労は察するに余りある。

まいったなあ……。

慰めてやりたくても、慰める言葉が思いつかなかった。写真撮影代はワンショット五百円、ツーショットなら千円なので、綾乃はそこそこのチップを今日一日で稼いだはずだが、リサやマキと違い、金勘定で生きているタイプでもない。

綾乃が椅子から立ちあがった。更衣室に行くのかと思ったら、カウンター席に座っている賢太郎のほうに、ふらふらと近づいてきた。

「ビール、いただいていいですか？」

「えっ、ああ……」

賢太郎はあわててカウンターの中に入り、冷蔵庫を開けた。シャンパンのボトルが眼にとまった。ドンペリである。

ビールはメニューにあるが、ドンペリはない。開店祝いの頂き物だ。無事に開店一カ月を迎えることができたので、そのうちみんなで飲もうと思っていた。バタバタしていて、なかなかそういうチャンスがなかったが……。

「貰い物のいいシャンパンがあるけど、よかったら飲まない？」

綾乃は黙ってうなずいた。

賢太郎は細長いフルートグラスを出してカウンターに並べた。ポンッとボトルの栓を抜いても、金色に輝くドンペリをグラスに注いでも、綾乃は表情を変えなかった。グラスを持つと、乾杯もせずに飲んだ。上を向き、ごくごくと喉を鳴らして一気飲みである。

荒《すさ》んでいる……。

賢太郎は内心で震えあがりながら、二杯目のシャンパンを綾乃のグラスに注いだ。綾乃はそれも一気に飲み干した。

「わたし……」

震える声で言い、唇を嚙みしめた。

「写真撮られるのが苦手なんです……ああやって、男の人に囲まれてジロジロ見られるのも……」

美人なんだから堂々としてればいいじゃないか、とは言えなかった。よけいなことを言って墓穴を掘りたくない。

「でも、仕事だからやりました……恥ずかしかったです……若い子たちと比べられていると思うと、恥ずかしくて恥ずかしくて、煙のように消えてしまいたくなりました……でも、仕事だから頑張って……」

「感謝してるよ！」

賢太郎はカウンターの中から飛びだし、小刻みに震えている綾乃の肩に手を置いた。

「キミのおかげでうちの店は救われた。あのふたりはもうあてにならないから、明日からは看板のメイドの文字を隠して、〈喫茶クラシック〉にしよう。次のメイドさんが見つかるまで、キミの料理をプッシュして……」

ツツーッ、と綾乃の頬に涙が流れ落ちたので、賢太郎は眩暈を覚えた。おためごかしの言葉では、彼女を慰めることはできないようだった。

ツツーッ、ツツーッ、と大粒の涙が綾乃の頬を伝う。

賢太郎は衝動的に、綾乃を抱きしめた。他にどうすればいいかわからなかった。賢太郎の胸で、綾乃は声をあげて泣きだした。とりあえず、泣きたいだけ泣かせてやるしかないと思ったが……。

綾乃の体は柔らかかった。女らしい豊満な肉づきと丸みを感じた。もちろん、太っているわけではない。三十五歳という年齢を考えれば引き締まっているほうだろうが、それでも柔らかな肉の感触にそそられてしまう。

「ねえ、マスター……」

綾乃が顔をあげた。涙を流しながら訊ねてきた。

「わたし、変じゃなかったですか？　いい歳してメイドの服なんか着て、おばさんが頑張ってる痛々しい感じじゃなかったですか？」

「そっ、そんなこと……ないよ……」

賢太郎はしどろもどろに否定した。実際そういう一面はあったが、心は別のことに奪われていた。綾乃の泣き顔はエロティックだった。眉根を寄せ、小鼻を赤くし、半開きの唇を震わせながら、すがるような眼で見つめてくる——セックスのときに女が見せる表情と同じである。

俺は最低だ、と思った。従業員がこんなにも傷つき、傷つけるようなことを頼んだのは自分なのに、勃起しそうになっている。

必死にこらえた。ここで勃起したら、自己嫌悪で今夜は眠れないだろう。いや、向こう一週間くらい眠れないかもしれない。

「なっ、泣かないで……」

とりあえず、頬の涙を拭いてやろうと、スーツの左胸に手を伸ばした。そこにポケットトチーフが入っている。

しかし……。

チーフを抜いた瞬間、名刺大の紙切れがはらはらと床に落ちていった。賢太郎も綾乃も一瞬それに眼を奪われた。ご丁寧にも、紙切れは表向きに床に落ちた。「割引券」と大きく印刷されている。その上には「ラブホテル　後ろから前から」……。

時がとまった。

賢太郎はポケットチーフを手にしたまま動けなくなり、綾乃も床に落ちた割引券から視線をはずさない。

海底に沈んだような重苦しい沈黙の中、綾乃がゆっくりと顔をあげてこちらを見た。感情のないロボットのような眼を賢太郎に向けた。

「……いるんですか？」

怖いくらいに低い声で訊ねてきた。

「こういうところに一緒に行く人が、誰か……」

賢太郎の頭の中には、即座に三つの回答が浮かんだ。
①リサとマキにからかわれたと正直に言う。
②お客さんの忘れものだと嘘をつく。
③まったく記憶にないとすっとぼける。
しかし、賢太郎の口から飛びだしたのは別の回答だった。

「チャ、チャンスがあったら、キミを誘おうと思って……」

自分でも、いったいなにを言っているのだろうと思った。誓って言うが、そんなつもりでラブホテルの割引券を携帯していたわけではない。ただ胸ポケットに入れていることを忘れていただけだ。

しかし、言葉を継いでしまう。熱っぽく綾乃を見つめながら……。

「一緒にいく相手なんていない。妻を亡くしてから三年間……でも、キミとなら……キミとなら……」

綾乃は無表情のままだった。まばたきもせず、言葉も発せずに、賢太郎の顔をじっと見つめてくる。

表情から、気持ちは読めなかった。しかし、両手は賢太郎の体にしがみついたまま離さない。

昨夜の出来事を思いだした。綾乃は発情期の若牝ではない。スポーツのようにセックスするタイプには見えない。好意を寄せてもいない相手に、あんなことをするはずがない。

本当に好きなのかもしれなかった。

自分のことを……心から……。

床に落ちたラブホテルの割引券を渡してきたとき、リサが言っていた。

『綾乃さん、絶対にマスターのことが好きですよ』

マキも言っていた。

『マスターを見る眼つきがエッチですもん、あの人』

ふたりの言葉が、賢太郎の頭の中をぐるぐるとまわっていた。彼女たちは魔法を使えるらしいから、それもまた魔法の言葉なのかもしれない。

魔法にかかってしまいたくなった。

3

バスルームからかすかに聞こえてくるシャワーの音を、賢太郎はダブルベッドに腰をおろして聞いていた。

ここはラブホテルの一室。

いまどきの女子大生御用達《ごようたし》のはずなのに、ハイセンスでもなければスタイリッシュでもない。思いだすだけで恥ずかしくなる名前通りに下品な部屋で、壁や床にはどぎつい原色が散りばめられ、大人のオモチャの自動販売機がチカチカと点滅し、天井は鏡張りになっている。

セックスをするためだけに提供されている密室である。

こんなことをしていいのだろうか？

胸がざわめいてしようがなかった。

自分しか男を知らずに天国へ行った妻に対する裏切り行為ではないかと……。

だが……。

モテない青春を送ってきたせいだろう、自分が救いがたく鈍《にぶ》い男であることをそろそろ素直に認めなければならなかった。

綾乃は自分に気があるらしい――そうであるなら、気づかないふりをしているのは卑怯者だ。キスを交わし、フェラまでしてもらっておいて、なにかの間違いだったと思いこもうとするのは、大人の男のすることではないと反省した。

果歩子は天国に行ってしまったけれど、こちらはまだこの世で生きているのだ。生きている以上、生きている人間との関わりを大切にできなくては、生きている意味も資格もない。

綾乃のことを愛しているかどうかは、正直まだよくわからなかった。それでも、好意を示されたのだから、誤魔化さずに態度を決める義務がある。

拒むか、受けとめるか――賢太郎は受けとめることにした。彼女とは、お互いに連れあいを先に亡くしたという共通点があった。初見のときから親近感があり、少しでも彼女の力になれるのなら、受けとめてやりたい。それが愛の萌芽《ほうが》であるというのであれば、そうなのかもしれなかった。

シャワーの音がとまった。

とはいえ、綾乃はまだしばらく出てこないだろう。

バスルームに向かう前、彼女は言っていた。「髪を洗いたいから、少し時間がかかります……」。

気にせずゆっくり洗っていいよ、と賢太郎は答えた。格好をつけたわけでなく、心からそう思った。しかし、綾乃を抱くと覚悟を決めたら、急に待つことが焦《じ》れったくなってきた。先ほどから、貧乏揺すりがとまらない。

そうだ……。

昨夜の意趣返しをしてはどうかと、不意に閃《ひらめ》いた。若者たちの乱交パーティをのぞいた勢いでキスを求め、フェラをする——それが綾乃の求愛のやり方だった。三十五歳の未亡人にしては、ずいぶんと不器用で拙《つたな》い。

しかし、色恋沙汰の不器用さなら五十歳の賢太郎も人後に落ちない自信があった。不器用なら不器用なりに、欲望を剝きだしにして挑みかかっていったほうが、彼女も喜んでくれるのではないだろうか。

立ちあがると、股間が大きくふくらんでいた。スーツの上着、ズボンと靴下、シャツやブリーフまで一気に脱いで、全裸になった。油断しているであろう綾乃に、これから夜這いならぬ、風呂這いを仕掛けてやる。

足音を殺してバスルームに向かった。ドアの曇りガラス越しに、肌色の裸身が見えた。こちらに背中を向けて立っているようだった。頭の部分が白くなっているのは、シャンプーを泡立てているからだろう。

気づかれないように注意して、そうっとドアを開けた。綾乃は両手を白い泡の中に入れ、髪を洗っていた。無防備すぎる後ろ姿に、股間のイチモツが反り返っていく。脂ののった白い背中が熟女だった。全体が細い若い女にはあり得ない、腰のくびれがたまらない。

さらに、量感あふれる尻と太腿。豊満で丸々とした尻は、まだぎりぎり重力に負けていなかった。太腿は見るからに柔らかそうだ。むせかえるほどの色香に、息が苦しくなっていく。

「きゃあっ！」

後ろから抱擁すると、綾乃は悲鳴をあげた。本気の悲鳴だった。考えてみれば当たり前だ。これから初めてのベッドインを迎える男が、いきなり風呂這いに来るとは思わなかったのだろう。

「どっ、どうしたんですか？」

振り返った綾乃は、啞然としていた。怯えているようでもあった。しかし、頭は白い泡にまみれ。どこか滑稽で、可愛らしい。

「体を洗うの、手伝おうと思って……」

「いい……いいです……」

綾乃は顔をひきつらせて、首を横に振った。

「ここまで来て、遠慮することないじゃないか……」

賢太郎は後ろから彼女の胸に手を伸ばし、双乳をすくいあげた。手のひらにずっしりとくる乳肉を、下からタプタプと揺すってやる。

「やっ、やめて……」

綾乃は泣きそうな顔になった。

「こっ、こんな明るいところで、恥ずかしい……みっ、見ないでください……すぐに出ますから、ベッドで待ってて……」

なるほど、淫靡な間接照明のベッドルームとは違い、バスルームの照明は明るかった。タプタプ揺すっている双乳の先端で、尖っている乳首の色がよくわかる。いさささか濃いめのあずき色だった。

若いころは、ピンク色だったのかもしれない。ボディラインだって、二十歳のころはリサやマキのように細かったのかもしれない。

だが、賢太郎はいまの綾乃に興奮する。リサやマキには、羞じらいの「は」の字もない。一万円くらい渡したら、笑顔で全裸くらい見せてくれそうだ。

三十五歳の未亡人は違う。裸身に視線を這わせているだけで、羞じらいに身悶える。昨夜は野外でフェラチオするほど大胆だったのに、いまは泣きだしそうな顔になっている……。

「あっ……んんんっ……」

乳首に触れると、セクシャルな声をもらした。体にシャボンはついていなかったが、お湯に濡れていた。しっとりと湿った突起を指でつまみ、軽く押しつぶす。指腹を使ってくすぐってやる。

「んんんっ……んんんんっ……」

「昨夜は気持ちよかったよ……」

耳元でささやいてやると、綾乃は一瞬、身をよじるのをやめた。

「正直に言うけど、あんなに気持ちのよかったフェラは初めてだった……真面目そうな顔してるのに……エッチなんだね？」

「いっ、言わないでっ……言わないでっ……あああっ！」

賢太郎はシャワーのコックをひねった。頭上から夕立のように降り注いでくるお湯で、綾乃の髪についた泡を洗い流した。男の髪と違って長いので、時間がかかった。

綾乃は眼をつぶって溺れそうになっている。その顔がまた、たまらなくそそる。シャワーを出したまま、振り返らせて唇を奪った。賢太郎の顔にも盛大にお湯がかかったが、かまわず口を開き、舌を差しだしていく。

綾乃も応えてくれた。舌と舌をからめあうと、口の中にお湯が流れこんできた。お湯ごと舌をしゃぶってやった。そうしつつ、バックハグの体勢から左右の乳房を揉みしだく。物欲しげに尖った乳首をねちっこくいじりまわす。

「うんんっ……んんああっ……」

身をよじる綾乃の大きな尻が、賢太郎の股間にあたった。いや、押しつけられた。いやらしすぎる反撃の仕方だった。ならば、と賢太郎は右手を下半身に這わせていった。お湯に濡れた草むらを掻き分け、割れ目の上端を指で探る。

「あっ、あおおおおっ……」

綾乃がのけぞる。上を向いた顔に、シャワーのお湯がまともにかかる。

さすがに可哀相になり、立ち位置を少しずらした。お湯がかからないようにして、けれどもお湯は出しっ放しで愛撫を続ける。左手で乳首をつまみながら、右手の中指でクリトリスの位置を突きとめる。

「あおおっ……あおおおっ……」

顔に似合わない低いあえぎ声がいやらしすぎて、賢太郎はブレーキがきかなくなった。ほんの悪戯《いたずら》心で始めた風呂這いなのに、綾乃の右足をバスタブの縁にのせて、本格的に右手の中指を動かしはじめる。お湯の質感とは違う、ヌルヌルした蜜にまみれた割れ目をなぞり、クリトリスに指腹を押しあてて小刻みな振動を送りこむ。

「あおおっ……あおおおっ……あおおおっ……」

綾乃は低いあえぎ声をあげつづけている。ガクガクと腰を震わせ、激しく身をよじっては、せめてもの抵抗とばかりに、アヒルのような尻をペニスに押しつけてくる。押しつけた状態で、左右に振りたてる。

たまらなかった。

そこまでするつもりはなかったのに、賢太郎は中指を肉穴に入れてしまった。いやらしいくらいにヌメッた肉ひだを執拗に搔き混ぜては、ヌプヌプと出し入れしてやる。食い締めの強さに舌を巻いてしまう。指にからみついてくる肉ひだのざわめきもいやらしい。どうしたって、ペニスを入れたときの感触を想像してしまう。

「いっ、いやっ……」

綾乃が振り返り、切羽つまった表情で見つめてきた。濡れた髪が清楚な美貌に張りついて、たまらなくエロティックだ。

「ダッ、ダメッ……ダメですっ……そっ、そんなにしたらっ……」

体中が小刻みに震えだしていた。息をとめて身構え、あわあわと唇を動かしている。眉間に刻んだ縦皺《たてじわ》が、いやらしいくらい深まっていく。

久しぶりのセックスでも、彼女の体になにが起きようとしているのか、さすがにわかった。

賢太郎は指を追加した。中指と人差し指の二本を使い、淫らなほどに濡れまみれている肉穴を思いきり搔き混ぜた。

「あぁっ、いやっ……ダメッ……そっ、そんなにしたらイッちゃいますっ……あっ、

「綾乃、イッちゃいますうううーっ！」

ビクンッ、ビクンッ、と股間をしゃくるように跳ねあげて、綾乃は白い喉を突きだした。きつく眉根を寄せ、ぎゅっと眼をつぶって、男の指で導かれたオルガスムスを嚙みしめた。

4

「……マスター……マスター……」

暗闇の中、遠くから声が聞こえてきた。

「賢太郎、さん……」

声がはっきり聞こえてくるに従って、夢で見ていた女の顔が暗闇に溶けていく。体を揺すられ、ハッと眼を覚ました。

綾乃がバツの悪そうな表情で、こちらをのぞきこんでいた。

「ごめんなさい……起こさないほうがよかったですか？」

綾乃の長い髪は乾き、ふわふわにセットされていた。しかし体は、裸身にバスタオルを巻いただけ……。

一瞬、どこにいるのかわからなくて焦ったが、先ほどのラブホテルの部屋だった。シャワーを浴びながら綾乃を指でイカせたあと、彼女が髪を乾かすのを待つために横になっているうち、つい眠りに落ちてしまったらしい。

「いやいや、こっちこそごめん……疲れてるのかなあ……年なのかなあ……」

自分でよくわからない言い訳をもごもご言いながら、上体を起こした。

「いやもう、本当に申し訳ない……」

ちょっと待たされたとはいえ、ふたりでラブホテルに来ておいて眠ってしまうなんて、女に恥をかかせる大失態だった。言ってみれば、まだセックスの途中である。前戯で女をその気にさせておいて眠ってしまうとは、我ながら馬鹿すぎて情けなくなってくる。

ベッドの上で正座している綾乃を抱擁し、横たわらせた。ポジションを入れ替え、今度は賢太郎が上から彼女の顔をのぞきこむ格好になる。

「ありがとう」

「えっ……」

「いま、名前を呼んでくれただろう？」

綾乃が恥ずかしげに眼を泳がせる。その唇に、キスをした。唇と唇だけを軽く接触させる、親愛の情を示す口づけだ。

「もう一回言ってみて」

綾乃は眼をそむけたまま口を開かない。

「頼むよ、ほら……」

「……賢太郎、さん」

まだ眼をそむけていたが、

「綾乃」

名前を呼ぶと、視線が戻ってきた。せつなげに眉根を寄せて見つめられた。賢太郎も見つめ返すと、唇と唇が自然と吸い寄せられていった。

今度は舌をからめあう淫らなキスになった。そういう体質なのか、あるいは欲情の証なのか、綾乃は唾液の分泌量がひどく多かった。啜《すす》ると唾液が糸を引いてキラキラと光った。

エロティックだったのでわざと糸を引かせていると、綾乃のキスに熱がこもっていく。お互いに舌をしゃぶり、唾液を啜りあった。そうしつつ、賢太郎は綾乃の体に巻いてあるバスタオルに手を伸ばした。胸元でとめているのをはずした。

量感あふれる白い乳房が姿を現すと、すかさず裾野のほうからすくいあげた。湯上がりのすべすべした肌が心地よかった。隆起のサイズが大きく、とても柔らかい。揉みしだくと、指が簡単に沈みこんでいく。

「んんんっ……」

あずき色の乳首をつまむと、綾乃はこちらを見つめている眼をぎりぎりまで細めた。指で転がしても、決して瞼はおろさない。健気《けなげ》な表情で、賢太郎の顔を見つめてくる。

クンニリングスをするため、位置を移動しようとすると、

「ずるい……です……」

綾乃に手をつかまれた。

「わたしばっかり……感じさせられて……」

「昨夜はこっちが、一方的に感じさせられた……」

賢太郎はとりあわず、綾乃の脚の方に移動していった。

綾乃は不満そうだった。

なるほど、昨夜は彼女のフェラで射精させられて、先ほどはこちらの指で彼女を果てさせた。次は彼女の番という見方もあるかもしれない。しかし、こちらはまだ舌や唇を使って愛撫していない。いや、単純に、綾乃の恥ずかしいところを間近から見てみたい。

「ううう っ……」

両脚をひろげていくと、綾乃の顔は歪んだ。なにしろ美人なので、恥ずかしがっている顔も見ものだったが、賢太郎の視線はM字に割りひろげた両脚の間に釘づけになった。

美人はこんなところまで綺麗なんだな、と興奮の身震いが走る。もちろん手入れをしているのだろうが、黒い毛が生えているのは恥丘の上だけで、それもセクシーな縦長に整えられていた。性器やアヌス周辺はまったくの無毛状態と言ってよく、恥ずかしい器官がふたつともよく見えた。

アーモンドピンクの花びらは縮れが少なかった。厚すぎず薄すぎず、行儀よく口を閉じて、男を惑わす縦一本筋ができている。アヌスは淡いセピア色から薄紅色へと美しいグラデーションを描き、おちょぼ口のようにきゅっとすぼまった姿は、排泄器官とは思えないほど可愛らしい。

「そっ、そんなに見ないでください……」

綾乃は両手で顔を覆い隠した。ベッドルームはバスルームよりずっと薄暗かったが、気持ちはよくわかる。

処女で結婚した彼女がこの部分を開陳したのは、まだふたり目なのだ。亡くなった夫以外に、誰にも見られたことがない。

「あっ……あおおっ……」

縦筋に舌先を這わせると、綾乃は顔を両手で覆い隠したまま、低い声であえいだ。顔に似合わない淫靡なあえぎ声なので、できれば顔を見たかったが、とりあえず愛撫を先に進めることにする。

ツツーッ、ツツーッ、と舌先で縦筋を舐めあげては、さわさわっ、さわさわっ、と内腿をフェザータッチでくすぐってやる。バスルームで一度イッたせいか、綾乃の反応は敏感で、それを二、三度繰り返しただけで、もぞもぞと腰が動きだした。

さらに縦筋を舐めてやると、内側から蜜が滲《にじ》みだして、花びらの合わせ目がほつれていった。親指と人差し指で割れ目をひろげ、つやつやと濡れ光る薄桃色の粘膜を剥きだしにする。濡れた肉ひだがびっしりと詰まって渦を巻き、呼吸をするように収縮している。

唾液の分泌量が多い綾乃は、蜜の分泌量も多かった。割れ目を閉じたり開いたりしているだけで、アヌスのすぼまりまで垂れていく。

賢太郎は、ぱっくり開いた花びらの内側を丁寧に舐め、それから浅瀬にヌプヌプと舌先を差しこんだ。そうしつつも、時折焦らすように、内腿をフェザータッチでくすぐることも忘れない。

「あああっ……はぁあああっ……」

綾乃のあえぎ声が、甲高くなっていく。それもまた、顔に似合わないくらい可愛らしく、耳に心地いい。

賢太郎はいよいよ本丸を責めはじめた。クリトリスの包皮をペロリと剝くと、一瞬、息がとまった。大きかったからだ。豆粒大はありそうで、存在感の強さに気圧されてしまった。

ふうっと息を吹きかけると、ぷるぷると震えた。大きいからといって感度が悪いということはないらしく、逆に人並み以上の欲望が詰まっていそうである。

まずは包皮を被せた状態で舐めはじめた。焦らすようにまわりを舌先でなぞってから、チロチロと微弱な刺激を与えてみる。大きいので舐め甲斐がある。夢中になって舌を動かす。

「あああっ……はぁあああああーっ！」

綾乃は顔を両手で覆っていられなくなり、ジタバタと暴れだした。つかむところを必死で探したが、糊《のり》の利きすぎたラブホテルのシーツは簡単にはつかめず、頭の下にある枕の両端を両手でつかんだ。

賢太郎は舌を動かしつづけた。強くしないように、それでいてできるだけねちっこく、女の官能の中枢部分を舐めあげた。

やがて、自然と包皮が剝けていき、先ほどよりさらに大きくなったクリトリスが姿を現した。もはや真珠大はありそうだった。綾乃の体に埋まった宝石を、柔らかい布で磨きあげるようにして舐めた。ざらついた舌腹ではなく、なめらかな舌の裏側を使った。

「はぁうううっ……はぁうううううーっ！」

綾乃が激しく身をよじる。乾かしたばかりの長い髪を振り乱し、のけぞっては首を振る。たわわにふくらんだ双乳を淫らなほどにバウンドさせて、いやらしいくらい腰をくねらせる。

「あっ、あのうっ！」

肩を叩かれた。賢太郎がクンニを中断すると、綾乃はハアハアと息をはずませながら、潤んだ瞳を向けてきた。

「もっ、もう……欲しいです……」

眼の下が生々しいピンク色に染まりきっている。

「賢太郎、さんが……欲しい……」

「……うん」

賢太郎はうなずいた。本当は、真珠大のクリトリスがふやけるほどに舐めてあげたかった。これは昨夜の意趣返し、というかお礼である。口内射精に導かれ、精液まで飲んでくれた綾乃だから、舌先だけでもっと感じさせてあげたかった。

とはいえ、セックスに無理強いは禁物である。女の口から挿入をねだらせたのだから、綾乃も充分に高まっているのだろう。バスルームでもイカせたことを考えれば、合わせ技で一本、お礼はできたということにしていいはずだ。

「ください……賢太郎さんをください……」

綾乃はもはや熱にでもうなされるように、結合をねだりつづけている。美しい彼女にそこまで言わせているのだから、男冥利《みょうり》に尽きるというものである。

だが……。

賢太郎の腰には、まだバスタオルが巻かれたままだった。膝立ちになってそれをはずした瞬間、顔から血の気が引いていった。

一瞬、なにが起こったのかわからなかった。

イチモツが女を愛せる形になっていなかった。

5

「すっ、すまない……」

賢太郎は正座している両膝を握りしめ、がっくりとうなだれた。肩が震えていた。あまりの情けなさに、涙までこみあげてきそうだった。

「いいんですよ、気にしないでください……」

綾乃が笑顔を浮かべているのが、よけいにつらくてしかたない。

「今日はほら、お店でいろいろあったし、ストレスだったんじゃないですか？　そういうときは、無理しないほうがいいと思います……」

たしかに今日は、開店以来最大のトラブルに見舞われた。しかし、賢太郎はわかっていた。勃起していないのは仕事のストレスのせいではない。

先ほど短い眠りに落ちたとき、夢を見たせいだった。

果歩子の夢だった。

愛する妻を抱いている夢だった。

おかげで、綾乃とキスをしていても、乳房を揉んでいても、クンニをしていても、どこか集中できない自分がいた。果歩子を抱いたときの反応が、脳裏にチラついていてしようがなかった。そんなつもりは小指の先ほどもないのに、果歩子と綾乃を比べている自分がいた。

ひどいと思った。

自分しか男を知らずに天国に行った果歩子が怒っているなら、いっそあの世に連れていってほしかった。果歩子がそうしてほしいなら、いつだって天国まで追いかけていってやる。

だが、この仕打ちはあんまりだった。自分はいい。いくら恥をかいたって、恥を忍んで生きていく。

しかし、セックスには相手がいるのだ。綾乃は今日、ただでさえ無理やりメイド服を着せられて傷ついている。そんな彼女を慰めてやらなくてはならないのに、この有様では、傷口に塩を塗りこんでいるようなものではないか。

「横になりませんか……」

綾乃にうながされ、あお向けに横たわった。綾乃が身を寄せてくる。肩のあたりに頭を置き、脚をからめてくる。肌がすべすべして気持ちいい。

「男の人と違って、女は好きな人とこうしているだけで、満足できる生き物なんですよ……」

横側から、密着できるところまで密着してくる。

さりげなく「好き」というパワーワードをささやかれ、賢太郎の心は乱れた。口に出して言われたのは初めてだった。嬉しかったが、嬉しい顔ができないくらい、自分が不甲斐なくてしょうがない。

「面目ない、としか言い様がないよ……」

「ふふっ」

綾乃が笑った。

「五十歳にもなって拗《す》ねるなんて、可愛いですね」

賢太郎の顔は熱くなった。たしかに拗ねていた。大人げないと自分でも思った。世の中の偉い人は、こういう状況をいったいどうやって乗り越えているのだろう？ 教えを乞えるなら、全財産を投げだしたっていい。

「ここも可愛い」

ちんまりしているペニスを、指でちょんと突かれた。

「触ってもいいですか？」

「えっ？ ああ……」

もうどうにでも好きにしてくれと思った。

「すごーい。柔らかーい。わたし、男の人がこういう状態になってるの、触ったの初めてです……」

さも珍しげに、指でつまんでは撫でてくる。

そりゃあそうだろう——賢太郎は胸底《きょうてい》で吐き捨てた。

綾乃のごとき美女が裸になり、あまつさえ欲情に眼を潤ませて両脚を開いているのに、勃起しない男なんているわけがない。彼女は亡夫しか男を知らないらしいが、たとえ百人の男と寝ても、百人が勃《た》つに決まっている。若い男なら、ウイスキーをボトル一本飲んだあとであろうが、きつく反り返して臍を叩くに違いない。

情けなさを噛みしめながら、天井を見上げた。

下品なこのラブホテルの天井は、鏡張りだった。全裸であお向けになっている自分が見えた。その横から同じく全裸の綾乃が身を寄せ、萎えたペニスをいじっている。蘇生をはかろうと躍起になっている感じではなく、どこまでも無邪気に……。

「クンニ、しようか？」

賢太郎はおずおずと言った。

「勃たなくても、それならできるけど……」

「いいです。こうしてたい……」

こちらを見て、綾乃が笑顔を浮かべる、賢太郎はその肩を抱き寄せた。彼女のやさしさに、胸が熱くなった。いい女だな、と思った。

自分のような五十男のどこを好きになったのか、訊ねてみたかった。気にはなったが、口にはしなかった。

かつて果歩子にも同じことを訊ねたことがあるからだ。「嫌いになるのに理由はあっても、好きになるのに理由はない」という答えが返ってきた。

そういうものなのかもしれないと思った。有名人や大富豪ならともかく、庶民の営む小さな恋に理由なんていらない。大切なのは理由を問うことではなく、小さな恋を大きく育《はぐく》んでいくことだ。

「キッ、キスしていい？」

賢太郎が言うと、綾乃は眼を丸くした。

「いや、その……急にキスがしたくなった」

綾乃は微笑み、彼女のほうから唇を重ねてくれた。親愛の情を示す軽いキスだったが、ほんの少しだけ舌をからめあった。今日の彼女は日本酒なんて飲んでいないのに、甘い味がした。

「昨夜はごめんなさい……」

眼を合わせずに、綾乃は言った。

「びっくりしたでしょう？　わたしもびっくりしましたから……」

「酔ってたからさ」

「酔ってましたけど、お酒のせいにはできません……きっと、もともとそうしたい気持ちがあったから……お酒に酔って我慢できなくなったというか……」

綾乃は恥ずかしそうに言いながら、萎えたペニスをいじりつづけている。

「でもそれは、キスをするところまでで……あんなことまでしちゃうなんて……なんかもう、思いだすと恥ずかしくて死にたくなります……」

彼女が思いだすと恥ずかしくて死にたくなるシーンを、賢太郎は脳裏で反芻《はんすう》した。

たしかにあれは大胆だった。店の裏とはいえ、野外である。夜闇の中ではあったものの、男のものをぱっくりと……。

「あっ……」

綾乃が小さく声をもらした。指でいじられていたものが、むくむくと大きくなっていったからだった。すぐに、綾乃が握れる形状になった。一〇〇パーセントではないものの、八〇パーセントくらいには硬くなった。

「……エッチ、する？」

気まずげな感じで訊ねてみたが、綾乃は首を横に振った。

「今日はもう無理しないでください。わたしはもう……バスルームのあれで……充分満足してますから……」

恥ずかしげにささやきながら、ペニスをしごいてくる。やけに手練《てだれ》ているその刺激に加え、バスルームでイカせた場面まで思いだしたせいで、みるみる一〇〇パーセントまで硬くなっていった。

あれはエロかった。立ったまま、片足を湯船の縁にのせ、全身をビクビク痙攣させて……。

そうなると、セックスしないことが逆に苦しくなってきた。綾乃はうっとりした表情でこちらを見つめながら、一定のピッチでペニスをしごきつづけている。強く握るわけでもなければ、速くしごくわけでもないそのやり方が異様に心地よくて、身をよじってしまいそうだ。

「舐めましょうか？　昨夜みたいに……」

今度は賢太郎が首を横に振った。

「遠慮しないでください……あんまりこういうこと言いたくないですけど……わたし、

舐めるのが好きなほうなので……」

賢太郎はふっと笑ってから、

「遠慮はしてない」

きっぱりと言った。

「キミの顔を見てたいんだ……」

賢太郎の言葉に、綾乃は眼尻を垂らした。

「嘘じゃないよ。キミの顔を近くで見られなくなるのが、いまはすごく淋しい……」

「嬉しい……」

綾乃が噛みしめるよう言った。

見栄でも虚勢でもなかった。賢太郎は心から、綾乃と見つめあっていたかった。フエラチオをしてもらえば射精まで辿りつけるかもしれないけれど、そんなことよりキスがしたい。

綾乃には人の心を読む力があるのか、それとも賢太郎がよほど物欲しそうな顔をしていたのか、また彼女のほうからキスをしてくれた。今度は親愛の情を示すキスではなかった。いや、親愛の情も充分に伝わってきたけれど、それ以上にセクシャルだった。たまらなく女を感じた。

口づけが情熱的になっていくほどに、綾乃の手の動きに変化があった。まず、手のひらを舐めて唾液をつけた。それを潤滑油にして、ペニスを刺激してきた。ただしごくだけではなく、ヌルヌルしている手のひらで亀頭を撫でまわしたり、敏感なカリのくびれを親指でなぞったり……。

「おおおっ……」

賢太郎がキスを続けていられなくなると、綾乃は乳首を舐めてきた。それもまた、新鮮な体験だった。男の乳首には性感帯などないと思っていたのに、ペニスを刺激されながらだと、身をよじらずにはいられないほど感じてしまった。

綾乃は右の手のひらに唾液をたっぷりと垂らして、愛撫を続けた。ペニスを驚くほどヌルヌルにして、根気強く刺激してきた。

唾液にまみれた手でしごかれると、ねちゃねちゃと卑猥な音がたった。唾液のせいだけではなく、大量に噴きこぼれた我慢汁が、包皮の間に流れこんでいるのかもしれない。

「もっと……感じて……ください……」

綾乃が脚をからめてきた。なめらかな素肌をもつ女の脚と触れあうこと自体、たまらなく気持ちよかったが、綾乃は両脚で賢太郎の太腿をぎゅっと挟んできた。ヌルヌルしている女の花を、太腿にこすりつけられた。

なんといやらしい……。

さらに両脚を開かされた。ペニスだけではなく、その下にぶら下がった部分も愛撫するためだった。

睾丸を軽く握ってあやしたり、玉袋の筋を爪でなぞったり……。

「おおおっ……おおおおっ……」

未体験ゾーンの性感マッサージに、賢太郎は恥ずかしいほど身悶えた。ひっくり返ったカエルのような格好をしている自分が、天井の鏡に映っていた。顔から火が出そうだったが、愛撫を中断してもらう気にはなれなかった。

出してしまいそうだったからだ。

先ほどまでピクリとも動かなかった急性ＥＤが嘘のように、射精がしたくてたまらなくなった。

「出そうですか？」

乳首を舐めていた綾乃が顔をあげた。

「オチンチン、すごく硬くなってきました」

「ああ……」

賢太郎はうなずいた。

「もっ、もう出そうだっ……我慢できそうにないっ……」

「じゃあ、このまま出してください」

「いっ、いいの？　キミの中に入らなくて……」

「このまま出してください」

綾乃はせつなげに眉根を寄せて見つめてきた。見つめられている賢太郎の顔は、燃えるように熱くなっていた。そこに汗が噴きだしてくる。眼の中に入ってきそうなくらい、大量の汗をかいている。

「ああっ、出してっ……あああっ……はぁああっ……」

ペニスをしごいているだけなのに、綾乃はあえぎはじめた。賢太郎の眼を見つめたまま、いやらしすぎるよがり顔で嬌声をもらす。さらに、ペニスをしごく右手に力がこもっていく。硬くなった肉棒をぎゅっと握りしめ、フルピッチでしごいてくる。

「もっ、もうダメだっ……」

「ああっ、出してっ！」

「でっ、出るっ……もう出るっ……」

「出してっ！　いっぱい出してっ！」

「おおおおっ……うおおおおおおーっ！」

賢太郎は雄叫《おたけ》びをあげて腰を反らせた。次の瞬間、ドクンッ、という衝撃があり、煮えたぎるように熱い粘液が噴射した。畳みかけるような勢いで飛び散って、賢太郎の腹にかかった。

綾乃は「あっ」と言って眼を丸くした。手はペニスをしごきつづけている。ドクンッ、ドクンッ、と次々と衝撃が襲いかかってきても、彼女が泣きそうな顔で見つめてくるので、賢太郎も眼をそらすことができない。

「おおおっ……おおおっ……」

野太い声をもらしながら、恥ずかしいほど身をよじった。昨夜のバキュームフェラでも感じたことだが、ペニスをしごく綾乃の手つきからは、最後の一滴まで絞りとってあげるという強い意志を感じた。

賢太郎は絞りとられた。

最後の一滴まで放出してもまだしごいてくるので、

「もっ、もういいっ……もう出ないっ……許してくれっ……」

涙眼で哀願すると、綾乃はようやくしごくのをやめてくれた。放心状態でハアハアと息をはずませている賢太郎に、熱いキスを与えてくれた。

それから、お掃除フェラをしてくれた。

正直、くすぐったくてしようがなかったが、綾乃が腹に飛び散った精液まで、さもおいしそうにペロペロと舐めているので、やめてくれとは言えなかった。

第四章　キッチンで燃えて

1

翌日、賢太郎は久しぶりに雷を落とした。

日課である店の掃除を終えた午前十一時三十分、リサとマキが姿を現した。反省の色が一ミリもうかがえない、にこやかな笑顔で……。

「おはようございまーす」

「今日もいい天気ですねー」

賢太郎はこみあげる怒りを抑え、

「無断欠勤しておいて、よく笑いながら出勤できるな……」

自分に出せるいちばん低い声で言った。

「昨日はいったいどうしたんだ？」

「えーっ、ディズニーランド行ってましたー」

「昨日限定のチケットをもらったんですよー。使わなきゃもったいないじゃないですかー」

ふたりとも笑顔のままだった。悪びれもしない。

「なんで連絡を入れなかった？」

賢太郎は苛立ちを隠さずに訊ねた。

「こっちからは何遍も連絡したぞ。どうして無視した？　ふたり揃ってスマホをなくしたわけでもあるまい」

リサとマキはキョトンとした顔で眼を見合わせ、

「マスターって……」

「ディズニーランド行ったことないんですか？」

「……ないよ」

「ランドからは、外の景色がいっさい見えないようになってるんですよ。遮断されているというか」

「現実世界のことは忘れて楽しむ、それが夢の国──」

「馬鹿もんーっ！」

賢太郎の怒声に驚いたのだろう。コックコート姿の綾乃が厨房から飛びだしてきて、間に割って入った。

「マッ、マスター落ちついて……そんなに怒らなくても……彼女たちだって悪気があったわけじゃ……」

「悪気があったに決まってるじゃないか。当日欠勤も許せんが、連絡もしないのは大人のすることじゃないぞ。たとえバイトでも、お金をもらって働いているんだ。そのへんのことはきちんと自覚してもらわないと……」

「すみません……」

「ごめんなさい……」

リサとマキが急にしおらしい態度で謝ってきたので、

「ほら、ふたりとも反省してるみたいだし……」

綾乃がフォローしたが、賢太郎の怒りはおさまらなかった。

「だいたい、ふたりが勝手に休んでいちばん迷惑をこうむったのは、綾乃さんじゃないですか？」

「えっ……」

「メイドがいなくちゃメイド喫茶にならないから、綾乃さんにメイド服着て接客してもらったんだぞ。おまえら、綾乃さんにちゃんと謝れ。話はそれからだ」

「どーもすみませんでした……」

「二度と無断欠勤はしません……」

リサとマキに上目遣いで謝られ、

「いいの、いいの。わたしも楽しかったし……」

照れくさかったのか、綾乃はこわばった笑顔を残して厨房に戻っていった。

「とにかくだ……」

賢太郎は険しい表情を崩さず、腕組みをした。

「キミらは店の功労者でもあるから、この一回は勘弁してやるが、今度同じことをやったら……」

厨房に戻ったはずの綾乃が、小走りで出てきた。

「すいません。付け合わせのパセリを切らしちゃったみたいで……ちょっとスーパーまで行ってきます」

「えっ？　ああ……お金は大丈夫？」

「大丈夫です」

綾乃は笑顔で答えると、そそくさと店を出ていった。その後ろ姿を見送ってからリサとマキを見ると、いままでのしおらしい態度はどこへやら、小悪魔チックな笑みを浮かべていた。

「……なんだよ？」

「なんだじゃないでしょ」

リサとマキは口許に笑みを浮かべたまま近づいてくると、うりうりと肘で脇腹を突いてきた。

「ついに一線を越えましたね？」

「わたしたちがいないのをいいことに、昨日は綾乃さんと急接近、熱い一夜を過ごしたんじゃないですか？」

「なっ、なにを言ってるんだ、なにを……」

「隠したってバレバレですよ」

「綾乃さんのマスターを見る目、すっかりハート形」

「さっきの掛け合いなんて、夫婦《めおと》漫才みたいでしたもん。『マッ、マスター落ちついて』……マスターはマスターで、いままで名前でなんて呼んでなかったのに、『綾乃さん、綾乃さん』……」

「おっ、大人をからかうと、そのうち天罰がくだるからな……」

賢太郎は動揺を隠しきれなかったが、さすがに認めるわけにはいかず、眉間に皺を寄せて睨みつけると、

「へーえ、じゃあのぞきをすると、どんな天罰がくだるんですか？」

「うちらが気づかなかったと思ってるんですか？　一昨日の夜、うちらが４Ｐしてるの、マスターのぞいてたでしょ？」

「なっ……そっ、それはっ……」

あわてて反論しようとしたが、ふたりに制された。

「そりゃあ、奥さんの形見を使って４Ｐしちゃったうちらも罪深いですよ」

「心の中で天国の奥さんに手を合わせてましたから」

「でも、うら若き女子大生がエッチしているのをのぞいてたメイドカフェ経営者、カッコ五十歳と、どっちが罪深いですかね？」

「どっちですかねっ！」

ふたりに指を差され、賢太郎はがっくりとうなだれた。法律的にも社会通念的にも、こちらのほうが悪いような気がしてきた。

「でも安心して、マスター」

リサが肩に手を置き、猫撫で声でささやいた。

「うちらはマスターの味方だから。このバイト気に入ってるし、本当にもう二度と無断欠勤はしませんから」

「そうそう、味方、味方」

マキが賢太郎の手になにかを押しこんだ。もう少しで、その場にへたりこみそうになった。バイアグラだった。

「一線を越えたっていっても、どうせ中折れかなんかで、綾乃さんを満足させられなかったんでしょ」

「綾乃さん、表情はいつになく幸せそうなのに、腰のあたりがなんだかそわそわしてるし」

「コックコートを着ていても、隠しきれない欲求不満」

「実際、どうだったんです？」

「わたし、フェラで暴発に一万ペソ」

「じゃあ、緊張しすぎて急性ＥＤに一万ルピー」

「いいからっ！」

賢太郎は真っ赤な顔で叫んだ。

「さっさと着替えてくれないかな。開店まであと十五分だぞ」

「はーい！」

にこやかに更衣室に去っていったふたりを見送りながら、深い溜息をついた。

彼女たちの勘のよさには恐るべきものがある、と寒気を覚えていた。

どうしてわかったのだろう？

フェラで暴発と急性ＥＤ、どちらも正解だ。

2

その日の営業はひどく疲れるものになった。

綾乃とは眼が合うたびにおかしな雰囲気になるし、リサとマキは意味ありげにニヤニヤ笑いかけてくるし、そこまでは営業前から想像がついていたが、もうひとつ、なんとも気まずい出来事が勃発した。

「昨日のメイドさんはどうしたの？」

「キミらも可愛いけど、昨日の人は色っぽかったよなあ」

そんなことをリサとマキに言う客が絶えなかったのだ。若いふたりは如才なくかわしていたけれど、内心穏やかではないのは見ていてわかった。

リサとマキは二十歳の女子大生で、綾乃は三十五歳の未亡人。一部の客とはいえ、まさか自分たちを差し置いて評判を呼ぶようなことがあるなんて、夢の国で遊びほうけていたふたりは想像もしていなかったに違いない。

閉店後のことだ。

いつものようにガツガツとまかない飯を食べながらも、リサとマキはスマホの画面から眼を離さなかった。

「うわー、たしかに綺麗ですねー、綾乃さん」

昨日店に来た客が、SNSに綾乃のメイド姿の画像をアップしているようだった。

「すごい拡散されてる。大人気じゃないですか」

「盲点だったな、熟女のメイド」

「そんなのアキバにだっていないし」

「メイド服がアンティークふうだから、似合うもんねえ」

「こりゃあ一本取られたな」

メイド服姿の綾乃の画像を見たふたりは、ジェラシーを通り越して感心しているようだった。

しかし、当の綾乃は褒められれば褒められるほど、いや、メイド服を着たという話題が出るたびに、顔色を曇らせていった。

「ねえねえ、綾乃さん、なんだかファンクラブができそうな勢いですよ」

「こうなったらもう、メイドになるしかないんじゃないですか」

「でも、綾乃さんがメイドになったら、厨房はどうなるの？　まさかマスターが……それはそれで、お店の評判落ちそう」

「うーん、悩ましい」

リサとマキは皮肉を言っているわけではなく、素直に綾乃を賞賛している感じだったが、綾乃にとっては思いだしたくもない黒歴史のようで、

「わたしは二度とメイド服なんか着ません！」

取りつく島もない真顔で返した。若いふたりは鼻白んだ顔になり、まかない飯を平らげると、そそくさと帰っていった。

気まずかった。

実のところ、賢太郎も今日、複数の客に訊ねられていた。昨日のメイドは次にいつ出勤するのか？　あるいはＳＮＳにアップされた綾乃の画像を出され、この人はいないんですか？　と……。

なるほど、綾乃のメイド服姿は、たしかに綺麗だった。彼女はもともと美人だから、なんでも着こなすことができるのだろうが、それ以上に、果歩子が残していったメイド服との相性のよさを感じた。

似合っているという意味で言えば、リサやマキ以上だった。若いふたりに魅力がないわけではない。そうではなく、あのふたりなら、ラブホテルで売っている千九百八十円のメイド服でも、とびきりエロティックに着こなせそうだ。

その点、果歩子が残してくれた長袖・セミロングの清楚なメイド服は、まるで綾乃のためにあつらえたようだった。リサやマキが嫉妬もせずに褒めていたのは、ＳＮＳにアップされた画像を見てそれを理解したからだろう。できることならもう一度着てほしかったが、綾乃が頑なに拒んでいる以上、無理強いはできない。

そんなことより……。

賢太郎には今日、まだやるべきことが残されたいた。

昨夜のフォローである。

一緒にラブホテルに行ったにもかかわらず、果歩子の夢を見たおかげで急性ＥＤになり、綾乃を抱くことができなかった。彼女のやさしさに包まれながら果たした射精は最高に気持ちよかったが、気持ちがよかったのはこちらだけで、綾乃はただ一方的に奉仕してくれたのである。

さすがに申し訳なかったし、「一緒にラブホテルに行った」という関係性を繋ぎとめておきたかった。

正直に言えば、ラブホテルに誘った段階では、綾乃を好きとか愛しているとか、そういう感じではなく、傷つき、取り乱している彼女を慰めてやりたいという気持ちのほうが大きかった気がする。

しかし、裸になって戯《たわむ》れてみると、彼女からの好意をひしひしと感じた。自分のような五十男が、彼女のような美人にモテるわけがないと思っていたけれど、そういう言い訳はもうできなかった。クンニをされながら「賢太郎、さんが……欲しい……」と挿入をねだってきた綾乃を、好きにならずにいられなかった。

「あっ、あのう……」

厨房の片付けを終えてホールに出てきた綾乃に声をかけた。

「夕食、一緒にどうですか？　この前の小料理屋で……」

ぬる燗で差しつ差されつ、ほろ酔い気分になるまで飲むだけでよかった。それだけで心が満たされるだろうけれど、彼女がその気になったなら、もちろん昨夜のリベンジを果たす用意はある。

賢太郎のポケットには、秘密兵器が眠っていた。マキにもらったバイアグラだ。使ったことはないが、すさまじい効果らしい。サラリーマン時代の上司に、それを使って男を蘇《よみがえ》らせた話を聞いたことがある。十年ぶりに妻を抱き、ふたりで淫らな汗をかいたあと、夫婦でしみじみと感涙にむせんだらしい。

ところが……。

「ごめんなさい……」

綾乃はひどく気まずげな顔で断ってきた。

「今日はちょっと……都合が……」

「あっ、いやっ……それならいいんだ……」

賢太郎はひきつった笑顔で言った。

「そりゃまあ、都合の悪いときだってあるよね。べつになんか話があるわけじゃなくて、一緒に食事したかっただけだから気にしないで……お疲れさま。また明日、よろしく頼むよ……」

考えてみれば、昨日も一昨日も遅くまで一緒にいた。家事が溜まっているのかもしれないし、誰かと長電話でもしたいのかもしれない。

だいたい、無理に誘わなくても、同じ店で働いているのだ。また誘うチャンスなんてどうせすぐに訪れると、軽く考えていたが……。

「お先に失礼します」

コックコート姿の綾乃は、店を出ていこうとして、ドアの前で立ちどまった。背中を向けたまま、低い声で言った。

「マスター……」

「んっ？　なんだい？」

「わたしのこと……もう誘わないでください……」

「えっ……」

賢太郎は自分の耳を疑った。

「食事も、お酒も、それ以外も……仕事以外のことではもう、マスターとご一緒したくありません……」

一方的に言い残し、綾乃は店を出ていった。

「あっ、いやっ……ちょ、ちょっと待って……」

賢太郎は立ちあがったが、追いかけることはできなかった。コックコートを着た綾乃の背中から、強い拒絶の意志が伝わってきたからである。

3

店を閉めた賢太郎は、ひとりふらふらと商店街に赴き、一昨日綾乃とふたりで飲んだ小料理屋に入った。

町内会の会合でもあったのか、爺さんの三人組がやけに賑やかに飲んでいたが、どうだってよかった。カウンター席のいちばん端に陣取り、ぬる燗を頼んだ。いつもはビールから始めるのだが、一刻も早く酔いたかった。

考えてみればあたりまえか……。

ぐびりとぬる燗を飲み、太い息を吐きだす。

大人の女は、身も心も満たしてやらなければ愛想を尽かされる、というわけだ。悪い意味ではなく、綾乃は性欲が強そうだし、顔に似合わず好意をフェラチオで伝えてくるような大胆なところもある女だから、なおさらである。

手コキでイカせてくれたのは単なるやさしさで、それ以上でも以下でもなかったのだ。賢太郎は天にも昇るような気持ちで射精を果たしたが、一方の綾乃はどこまでも冷静で、恋人候補のリストから賢太郎をそっとはずしたということだろう。こんな男とは付き合えない、と……。

言い訳はもちろんある。

昨日勃たなかったのはうたた寝中に亡妻の夢を見てしまったからだし、そんなことさえなければ綾乃の熟れた体に溺れていたに違いないし、ペニスだって鋼鉄のように硬くなって、三十五歳の未亡人をそれなりに満足させることができたはずだった。こちらの年齢を気にしているのかもしれないけれど、バイアグラさえ飲めば鋼鉄以上に硬くなる可能性もある。

もちろん、後の祭りであることはよくわかっていた。男と女というものは、適切なタイミングで結ばれなくては、ボタンの掛け違えが待っているだけだ。いまさら言い訳したところで、綾乃を振り向かせることはできない。恋愛は理性でするものではなく、感情でするものだからである。

打ちのめされてしまった。

大学四年のときに果歩子と付き合いはじめ、処女と童貞で結婚した賢太郎は、恋愛の経験もそのひとつだけだが、失恋の経験もなかった。

もちろん、青春時代はモテない境遇を嘆いていた。バレンタインデーのチョコレートを抱えきれないほどもらっている友達を尻目に、ひとつももらえなかった賢太郎は、落胆と嫉妬ばかりを抱えていた。

仲よくなりたいクラスメイトの女子にいくら話しかけても冷たくされたことや、合コンで秋波《しゅうは》を送りつづけても無視されたことくらいはあるけれど、裸で抱きあったり、オーラルセックスまでした女に、あんなふうに拒絶されたことはない。

齢《よわい》五十にして、失恋というのを初めて味わった。

つらかった。

身から出た錆《さび》とはいえ、飲まずにいられなかった。お通しの焼き味噌だけをつまみに、早くもぬる燗三本目に突入だ。

ただ、その一方で、どこかで安堵している自分がいたのも、また事実だった。綾乃のように美しく、しかも十五歳も年下の女と恋仲になるなんて、どだい無理な話だったのである。

恋愛ドラマなどで、「キミのいない人生なんて考えられない！」という台詞《せりふ》を聞くことがあるが、賢太郎の人生は綾乃がいなくても揺るがない。綾乃だけではなく、他の誰がいなくても、果歩子との思い出さえあれば完結する。

強がりなのかもしれないが、そう思った。

メイド喫茶を始めたのだって果歩子を供養するためであり、メイドとして雇った女の子に手をつけようとか、そういう下心は一ミリだってなかったのである。天国に行った果歩子の夢を叶《かな》えてあげられれば、それでよかったのだ。

「……楽しかったな」

酔いがまわってきたのか、つい独りごちてしまった。

思えば、果歩子との結婚生活はひどく淡々としたものだった。ふたりとも出不精《でぶしょう》だったからアクティブに遊びまわったわけではないし、大喧嘩をしたことや浮気騒動などのトラブルもなかった。まるでドラマチックとは言えないけれど、掛け替えのない平穏な日々がそこにあった。

いや……。

そういう感じになったのはお互いに中年に差しかかってからで、若いころはそれなりに情熱的な日々だったかもしれない。

なにしろ、賢太郎は果歩子のことが大好きだった。生まれて初めて体を許してくれた女ができたことに浮かれていた。恋敵《こいがたき》が登場するような波瀾万丈がなくても、自分でももてあますくらい、あとからあとから果歩子に対する愛情があふれてきた。

一度、外まわりの途中で、帰宅してしまったことがある。

セックスがしたくて、だ。仕事を放りだして妻を抱きに帰ってしまうなんて、社会人として失格だろうが、どうにも我慢できなかったのだ。

新婚時代ならともかく、三十歳のころだった。結婚して、すでに六年が経過していた。

にもかかわらず、昼飯の立ち食い蕎麦を食べた直後からむらむらしはじめ、クルマで自宅付近を通りかかると、辛抱たまらなくなってしまった。

果歩子は家にいた。仕事をしていたこともあるのだが、当時はパートをしていたスーパーが潰れてしまったので、一時的に専業主婦のようになっていた。

「どっ、どうしたんですか？」

午後一時過ぎ、突然帰宅した夫を見て、果歩子は眼を丸くした。台所仕事をしていた。せっかく時間があるのだからと、当時の彼女は料理に凝っていた。夕食のために、おでんかなにかをつくっていたと思う。

鰹《かつお》だしの香りが漂う台所で、賢太郎は果歩子に身を寄せていった。彼女は折り目正しい性格の持ち主だった。下半身関係はとくにそうで、いくら夫婦だからといって、だらしないセックスをすることを好まなかった。

夫婦生活を営むのは、夕食をすませ、入浴を終えた寝る前、と決まっていた。「そろそろ寝ようか」と、いつもの就寝時間より一時間ほど前に声をかけるのが合図のようになっていて、そうすると果歩子は、「じゃあ、わたし先にお風呂をいただきます」と、顔を赤くしてバスルームに行くのだった。

しかし、そのときばかりは、台所でむしゃぶりついた。果歩子はグリーンに黒のボーダーが入ったセーターと、ベージュのロングスカートという、セクシーでもなんでもない格好をしていた。それが逆に、昼下がりの人妻っぽくて、賢太郎は興奮した。よほど頭に血が昇っていたのだろう。そもそも果歩子は人妻ではなく、自分の妻だった。

「ねっ、ねえ、本当にどうしたの？　仕事中じゃないんですか？」

セーター越しにぐいぐいと乳房を揉まれている果歩子は、動揺しきっていた。当たり前と言えば当たり前だが、賢太郎は詳細を説明する気にはなれなかった。いや、説明したくても、説明できなかった。突然こみあげてきた性的衝動の原因なんて、賢太郎本人にだってわからない。

「抱きたくなったから帰ってきた」

「冗談でしょう?」

果歩子は乳房を揉まれながら眉をひそめた。唖然としているようだった。

「冗談みたいな話だが、冗談じゃない。キミが欲しくて欲しくて、仕事どころじゃなくなった」

賢太郎は強引に唇を重ねた。果歩子はキスが好きで、いつもうっとりした顔をするのだが、そのときばかりは顔をこわばらせ、舌の動きも鈍かった。

賢太郎は果歩子の両手を調理台につかせると、尻を突きださせて立ちバックの体勢を整えた。いままでしたことがない大胆な体位だったが、台所でするなら他に選択肢はなかった。仕事を抜けてきたのだからさっさとすませたい、という気持ちももちろんあったが、それ以上に、ベッドに行って全裸になって丁寧に愛撫という段取りが、そのときは気が遠くなりそうなほど面倒に感じられた。

「みっ、見ないでっ!」

ベージュのロングスカートを後ろから乱暴にまくりあげると、果歩子は悲痛な声をあげた。

賢太郎は一瞬、身動きがとれなくなった。果歩子の丸いヒップを包んでいたのが、コットン製の年季の入ったショーツだったからである。ショーツというよりパンツと呼んだほうが相応《ふさわ》しい感じで、白い生地が少し黄ばんでいた。お尻のところにスヌーピーがプリントしてあり、それも剝げかかっている。

下着に贅沢をするタイプの彼女がなぜ？　と思ったが、どうだってよかった。妻が穿き古したパンツを穿いている事情よりも、用があるのはそれに隠されている部分だった。

スヌーピーのパンツをおろして、バックからクンニした。果歩子の花は乾いていたが、尻の桃割れをひろげて舐めまわしていると、程なくして濡れてきた。彼女も三十歳になり、性感が熟れはじめてきたころだった。

「あっ、あなた、やめてっ……こんなのいやっ……せめてベッドにっ……ベッドに行きましょうっ……あああああっ……」

拒みながらもあふれた蜜が内腿を伝い、発情した牝のフェロモンがむんむんと漂ってきた。

賢太郎は興奮のままに後ろから貫いた。

あれほど一方的かつ頭に血がのぼった状態で果歩子に挑みかかっていったのは、二十三年間の結婚生活でもあのとき一回限りのはずだ。

果歩子の中にペニスを入れると、ヌルヌルしたいやらしすぎる感触に完全に我を失い、獣のように突きあげた。呼吸も忘れて、怒濤《どとう》の連打を送りこんだ。果歩子も声をあげていたと思うが、彼女が感じているかどうかなんてどうだってよかったのだから、もはや鬼畜の所業である。

「おおおっ……でっ、出るっ……もう出るっ……」

自分のことさえコントロールできず、あっという間に射精に達した。煮えたぎるような男の精を、ドクドクと果歩子の中に注ぎこんでいった。全身の血が沸騰するくらい興奮していた。あれほど放出が心地よかったセックスというのも、後にも先にも記憶にない。

いま思えば、自分勝手にやっていただけなので、妻の体を使ってオナニーしたようなものだった。しかし、オナニーの快楽が時にセックスより気持ちよく思えることがあるように、たまらなく心地よかった。

両膝を震わせながら最後の一滴を漏《も》らしおえると、台所の床にへたりこんだ。高ぶる呼吸がいつまでもおさまってくれず、魂を抜かれたような状態に陥っていた。

果歩子もそうだった。こちらに背中を向け、床に両手をついてうなだれていた。ハアハアと肩で息をしていた。

賢太郎はその様子をぼんやり眺めながら、床に落ちていたパンツを拾った。くしゅっと丸まっていたそれをひろげ、スヌーピーのイラストを見た。やはり、生地は黄ばんで、ところどころプリントが剝げていた。

「珍しいね……キミがこんなダサいパンツを穿いているなんて……」

放心状態のままなんの気なしにつぶやくと、果歩子が振り返った。

あれほど怖い顔をした妻を見たのは初めてだった。三十歳になっても真っ黒いおかっぱ頭で、こけしのように可愛い女だった。それが鬼のような顔をして立ちあがり、賢太郎の手からスヌーピーのパンツを奪いとった。生ゴミを捨てるために台所に置いてある、大きなポリエチレン製のゴミ箱の蓋を開けてその中に叩きこんだ。

「……中学生のとき、お母さんに買ってもらいました」

眼は吊りあがり、声は怒りに震えていた。いや、屈辱に震えていた。

「なんとなく捨てられないまま、ずっと持ってて……持ってることも忘れてたんですけど、さっき箪笥《たんす》の奥にあるのを見つけて……穿いてみたら意外に穿けちゃって……せっかくだから一日穿いてから捨てようと思って……」

「すっ、すごいね……中学生のときのパンツが穿けるなんて……」

賢太郎はひきつった顔で笑ったが、果歩子は笑わなかった。ますます眼を吊りあげて、右手を差しだしてきた。

「なっ、なんだい？」

「ケータイ貸してください」

鬼の形相の妻に気圧されたまま、賢太郎はおずおずと差しだした。果歩子はどこかに電話をかけた。どこにかけたのかは、すぐにわかった。

「もしもし、お世話になっております。伊庭の家内でございます。実は夫が先ほど帰宅しまして……どうも具合が悪いようで……ええ、ええ……様子を見て、病院に連れていこうと思います。ご迷惑おかけして申し訳ございません……」

果歩子は電話を切ると、こちらを見た。眼は吊りあがったままだった。

「おっ、俺、殺されちゃう？」

渾身《こんしん》のギャグのつもりだったが、果歩子はニコリともせずに背中を向け、寝室のほうに去っていった。

4

さすがに悪かったと反省し、謝るために寝室まで追いかけていくと、果歩子は腕組みをして仁王立ちになっていた。

新婚時代に住んでいたアパートでは畳の上に布団を敷いていたが、当時住んでいたマンションはフローリングにダブルベッドだった。どういうわけか、ベッドカバーも掛け布団も剝がされていた。

「服、脱いでください」

地の底から響いてくるような声で、果歩子は言った。

「ぬっ、脱いでどうするの？」

賢太郎は苦笑まじりに訊ねたが、こちらが笑えば笑うほど果歩子の機嫌が悪くなっていくので、笑うのをやめた。

「あなたはいま、ものすごく自分勝手にわたしを抱きましたね？」

「……すまん」

「まるで排泄行為みたいに、わたしの中で射精しましたね？」

「排泄行為は言いすぎだと思うけど……」

「傷つきました」

「悪かったよ」

「べつにいいです。わたしはあなたの妻ですから、好きにしてもらってかまいません。でも、あなたはわたしの夫ですから、傷ついたわたしのご機嫌をとる義務があると思います」

「どうしろっていうんだよ？」

「脱いでください」

話しあいが通用しなさそうなので、賢太郎はしかたなくスーツを脱ぎはじめた。放りだした仕事のことも気になったが、果歩子がこれほど怒りを露わにするのは珍しいことだった。もちろん、怒らせるようなことをしたのはこちらだから、逃げずにきちんと向きあっておかなければ、夫婦の関係に亀裂が入ってしまいそうだった。

「横になって」

全裸になると、ベッドにうながされた。あお向けになった賢太郎の両手を、果歩子はベッドに縛りつけた。和服を着るときに使う紐を使って、賢太郎はバンザイの格好で拘束された。

両手の自由が奪われると、にわかに心細くなった。しかも全裸である。射精を遂げたばかりのペニスはちんまりと情けない姿で、それを意識すると顔が熱くなった。

「なっ、なにをするつもりなの？」

卑屈な上目遣いで訊ねると、

「あなたがわたしの体を好きにしたお返しに、わたしもあなたの体を好きにするだけです」

果歩子はそう言い残すと、寝室から出ていった。ひとり取り残された賢太郎はますます心細くなった。果歩子はなかなか戻ってこなかった。いま大地震が起こったら、ものすごく間抜けな死に様になるな、と思った。

それはともかく、この状況をいったいどう解釈すればいいのだろう？

果歩子にＳＭの趣味はないはずだった。ＳＭどころか、およそ性全般に関する好奇心が欠如しているのが果歩子という女だった。

もっとも、賢太郎にしても変態プレイの類《たぐ》いには興味がなかったので、まったく問題はなかった。ごくノーマルなセックスだけで充分に満足していた。

果歩子はその一年くらい前から、中イキができるようになっていた、とはいえ、セクシー女優が見せるような激しいイキ方ではなく、控えめな感じだった。オルガスムスに達したことそのものより、イッてしまったことを恥ずかしがる妻に、当時の賢太郎は興奮していた。

それにしてもあの怒りようは……。

古いスヌーピーのパンツを穿いているところを目撃してしまったことに加え、立ちバックという体位もいけなかったのかもしれない。

彼女が好む体位は正常位――というより、それ以外の体位を異常に恥ずかしがる。新婚時代、四つん這いのバックは何度かやったことがあるが、あまり気乗りがしないようなので、自然とやらなくなった。今日のような状況ならともかく、賢太郎も正常位がいちばん好きなので、とくに問題はなかったが……。

果歩子が戻ってきた。

賢太郎は一瞬、まばたきも呼吸もできなくなった。

果歩子は黒い下着姿だった。ブラジャーがハーフカップでショーツは超のつくハイレグ、おまけにガーターベルトでセパレート式の黒いストッキングを吊っていた。まるで外国の娼婦が着けているようなセクシーランジェリー姿である。

さすがに唖然とした。

下着に贅沢をする果歩子は外国製の下着をたくさんもっていたが、黒のセクシーランジェリーなんて見たことがなかった。彼女が高価な下着を着けている目的のひとつは、おそらく体形維持なので、デザインが綺麗だったり可愛かったりしても、しっかりと体を包みこんでいる。

だが、そのとき着けていたセクシーランジェリーは、どこもかしこも素肌を隠す面積が小さく、ブラジャーからは乳肉がこぼれそうだし、ショーツなんて陰毛をぎりぎりで隠している感じだった。

「そっ、そういうのもいいね……」

媚《こ》びた感じで言ってしまったが、お世辞ではなかった。その証拠に、射精したばかりのペニスが女を愛せる形に蘇っていた。隆々と勃起して臍《へそ》に張りつき、我慢汁さえ噴きこぼしていた。

こけしのように可愛い果歩子に、セクシーランジェリーは似合わない。しかし、似合わないがゆえのギャップがある。ギャップはいつだってエロスの源泉となり、男心を惑わせるものだ。果歩子が絶対にセクシーランジェリーなんて着けなさそうな女であるがゆえに、たまらなくいやらしかった。

賢太郎の褒め言葉を、果歩子はきっぱりと無視した。いや、言葉は返してこなかったが、心には響いたのかもしれない。

さりげなく後ろを向いた。拗ねている態度のようでいて、他の意図も見え隠れしていた。おそらくTバックを見せたかったのだ。見るからにプルンプルンの尻丘が、すっかり露わになっていた。

果歩子は可愛いタイプなので、色っぽいとかセクシーだと思ったことはなかったのだが、そのときばかりは女らしさに打ちのめされた。見た目以上に、内面から滲みでてくる色香を感じた。

つまり……。

果歩子も欲情していたのだ。おでんをつくりながらいやらしいことを考えていたとまでは言わないが、バッククンニですぐに濡れた。穿き古したスヌーピーのパンツを見られてしまったのは屈辱だろうし、強引に立ちバックで挿入されたのは本意ではなかっただろうけれど、夫が仕事を放りだしてまで自分を抱きに帰ってきたこと自体はちょっと嬉しかったのかもしれない。

にもかかわらず、賢太郎があまりにも早く射精してしまったから、がっかりしたのである。満足できなかったので苛々《いらいら》しているのだ。穿き古したパンツを見られた恥ずかしさと相俟って、怒ったふりをせずにはいられなかった……。

思えば、それは彼女らしい行動原理だった。初夜に手マンでイカせたときも、恥ずかしさを誤魔化すために怒ったふりをしていた。やりたくもないフェラをやりたいと強弁し、結局ジャンケンで負けてクンニされた。指でイッたばかりなのに、舐められてまたイッた……。

果歩子はこちらに背中を向けたまま、中腰になってショーツを脱いだ。ストッキングを吊っているストラップの上から穿いていたようで、ショーツだけを脱ぐことができるようだった。

胸にはハーフカップの黒いブラジャー、腰には娼婦が着けるようなガーターベルト、さらに両脚を極薄の黒いナイロンで飾った悩殺的な格好で、果歩子はベッドにあがってきた。

賢太郎の視線は、自然と股間の草むらに向かった。綺麗な小判形をしたそれは、すでに数えきれないほど見ていたが、黒いセクシーランジェリーのせいで、いつもよりいやらしく見えた。陰毛そのものは同じでもそれ以外がいやらしくなると、違ったふうにいやらしく見えるというのは、新たなる発見だった。

果歩子が馬乗りになってきた。お腹に剝きだしの性器が密着した。びっくりするほど熱く火照《ほて》り、いやらしいくらいヌメッていた。興奮冷めやらぬというより、欲求不満の証左《しょうさ》だろう。にもかかわらず、こちらを見下ろす彼女の眼は、相変わらず吊りあがったままだ。

「わっ、わたしがっ……」

急に上ずった声で言った。

「今日はわたしが上になってしまいますっ……」

「えっ？　ああ……」

賢太郎はうなずいた。騎乗位で繋がりたいらしい。珍しいこともあるものだと思った。その時点で六年間、ひとつ屋根の下に暮らしてきたが、女性上位の体位はしたことがなかった。果歩子がやりたいと思っていると感じたこともない。

「べつに……」

顔をそむけて言った。

「どうしてもしたいわけじゃないですよ……自分が上になって動いてみたいとか、そういうことを思っているわけじゃなくて……あなたに自分勝手にされたから、わたしもお返しがしたいっていうか……」

嘘つけ、と胸底でつぶやいた。賢太郎も嘘が苦手だが、果歩子はそれ以上だった。嘘がつけない、ついてもすぐに顔に出る性格なのだ。

おそらく、ずっと騎乗位にチャレンジしてみたかったのだろう。しかし、恥ずかしがり屋の彼女はそれを口にできない。怒ったふりをして意趣返し、という状況が訪れなければ、あと何年もできなかったに違いない。そう、彼女にとってこの状況は、夢を叶える千載一遇のチャンスだったのである。

とはいえ……。

経験もなければたいして知識もなく、おまけに夫の手助けも望めないシチュエーションをみずからつくってしまった果歩子は、おろおろするばかりでなかなか結合できなかった。

馬乗りになったまま後退っていき、お互いの股間を近づけたものの、中腰になってペニスに触れても、すぐに離して両手で顔を覆ったりしている。

賢太郎はあえてなにも言わなかった。怒った顔をしながら恥ずかしがっている果歩子が、たまらなく可愛かったからだ。そうまでして騎乗位を試してみたい心情がいじらしく、いつか男の上にまたがってみたいとひとり胸をドキドキさせていた果歩子を想像すると、興奮で鼻血が出てきそうだった。

「ううう……いっ、入れますよ……」

なんとかペニスを上に向けた果歩子は、息をとめて腰を落としてきた。ずぶっ、と亀頭が埋まりこむと、もう怒った顔は続けていられなかった。

ゆっくり少しずつ結合するという技も使えない彼女は、ずぶずぶずぶっと一気に根元まで咥えこんだ。

衝撃に悲鳴にも似た声をあげると、苦しげに眉根を寄せて、あわあわしはじめた。

ハーフカップの黒いブラジャーに包まれた乳房が上下に揺れていた。しかし、動いているのはそこだけだった。

一瞬、すがるような眼で賢太郎を見た。失敗した、という心の声が聞こえてくるようだった。

果歩子がなぜそんなことをしたのかいまでもよくわからないが、賢太郎の両手を拘束したのは決定的なミスだった。騎乗位をするのはいいとして、こちらの両手が使えれば、抱き寄せてキスをしたり、敏感な体を愛撫してリラックスさせることができたはずである。しかし、果歩子はみずから選んだ孤軍奮闘の険しい道を歩まなければならなかった。

「ううう……んんんっ……」

上体を起こしたまま腰を動かそうとしても、うまくできなかった。気持ちはよくわかった。賢太郎にしても、充分な快楽が得られる腰使いを会得《えとく》できるまで、何カ月もかかったものだ。

ＡＶを観まくっている男でもそうなのに、ＡＶを観る機会がない女では、どうやって動けばいいのかわからなくてもしかたがない。当時はインターネットがいまほど普及していなかったから、女が手軽にエロ動画を観ることはできなかった。観たければ、レンタルビデオを借りてこなければならなかったのである。

5

果歩子の悪戦苦闘は続いた。

しかし、どうやってもうまく動けず、次第に泣きそうになっていった。顔を真っ赤にして眼尻を垂らしている果歩子は可愛かったが、さすがに妻が不憫《ふびん》になって、賢太郎は助け船を出してやることにした。

「手、ほどいてくれない?」

そっと声をかけた。

「手伝ってあげるからさ……」

果歩子は眼を泳がせた。どうやって手伝ってくれるのかもうまくイメージできなかったようだが、いまのままではいっこうにセックスが盛りあがらないのも事実だったので、しかたなさげに両手の紐をほどいてくれた。

賢太郎はふうっと息を吐きだすと、

「たぶん、前後に腰を動かせばいいんだよ……」

黒いガーターベルトの巻かれた果歩子の腰を、両手でつかんだ。ＡＶを観て得た知識であることは内緒にしたまま、ぐいっ、ぐいっ、と腰を手前に引き寄せてやる。

「あああっ……」

感じるところにあたったらしく、色っぽい声がもれた。

「ほら、自分でも動いてごらん。こうやって……」

果歩子は動きはじめたが、ひどくぎこちなかった。しかし、補助があればできる。賢太郎が、ぐいっ、ぐいっ、と腰を引き寄せてやると、股間が前後に動いて性器と性器がこすれあった。表情がみるみるいやらしくなっていき、ハアハアと息がはずみだした。

もちろん、賢太郎も気持ちよかった。果歩子とするセックスはいつだって気持ちいいが、そのときばかりはペニスに意識を集中できなかった。補助つきとはいえ、男にまたがって腰を動かしている果歩子の姿がいやらしすぎて、むさぼるように眺めてしまった。

「けっ、軽蔑しますか？」

補助によるリズムに乗りながら、果歩子が声を震わせた。こちらの熱い視線を感じたせいだろう。

「こんな格好で乱れている妻を、あなたは……」

賢太郎は首を横に振った。まぶしげに眼を細めて果歩子を見上げた。

妻が愛《いと》おしくてしようがなかった。夫婦であるのだから、気持ちのいいセックスがしたいと願うのは、誰だって同じだろう。

自分たち夫婦はむしろ、いままでおとなしすぎたのかもしれないと思った。童貞と処女で結婚して、初めは下着姿で抱きあうだけで興奮していた。経験するすべてが新鮮で、ノーマルなやり方で充分に満足していた。

しかし、結婚してもう六年も経つのだから、新しいステージを目指してもいいのかもしれない。

賢太郎が仕事を放りだしてセックスするために帰ってきてしまったのも、果歩子が騎乗位に興味を示したのも、なにかのサインのように思われた。とくに果歩子はこのところ、日に日にオルガスムスが深まっているような気がする。絶頂に達したときの反応が、じわじわと激しくなってきているような……。

「んんんっ……んんんーっ！」

補助つきの腰振りで悪戦苦闘していた果歩子が、ようやくコツをつかみはじめた。いきなりセクシー女優のようにはできなかったが、リズムに乗ってきた。気持ちのいいポイントを見つけたのだろう。あたるところも、動きにも……。

抱き寄せたい、と賢太郎は思った。

果歩子の上体をこちらに覆い被せるようにして抱擁し、熱い口づけを交わす――なんとか我慢した。そのやり方だと正常位とあまり変わらない気がしたからだ。上体を起こして腰を動かしている果歩子を、もうしばらく見ていたい。いつでも思いだせるよう、眼に焼きつけておきたい。

いや……。

このまま静観するのも悪くなかったが、次第に、どうせなら果歩子にもっと感じてほしいという思いがこみあげてきた。彼女の性感を揺さぶりたて、見た目がさらにいやらしくなる方法を、ひとつ思いついた。

「えっ……」

両膝をつかむと、果歩子は驚いた顔をした。賢太郎はかまわず、彼女の太腿を下から支え持つようにして、M字開脚にうながしていった。

「いっ……いや、こんな格好っ……」

果歩子は紅潮した顔を歪めて羞《は》じらったが、

「大丈夫だよ。こっちのほうが絶対気持ちいいから……」

賢太郎は結合部を凝視しながら言った。正常位でも似たような格好を拝んでいるが、騎乗位だといやらしさが倍増した。女のほうから積極的にペニスを咥えこんでいるように見えるからかもしれない。

「いやっ……いやですっ……」

果歩子は両脚を前に倒そうとしたが、賢太郎は許さなかった。左右の太腿を内側からしっかりつかんで、ピストン運動を送りこんだ。初めて経験する騎乗位だったが、体が本能的に動いていた。こちらも両膝を立てると、意外なほど簡単に腰を動かすことができた。

「あああーっ！」

下からずんずんと突きあげられ、果歩子は羞じらっていることができなくなった。

いままでは腰を前後に動かして、性器と性器をこすりあわせる感じだったが、今度は直接的な抜き差しだった。しかも、果歩子の体重がかかるから、正常位よりも深く突ける。奥の奥までペニスの先端が入っていく。

「あああっ……はぁあああっ……はぁああああーっ！」

果歩子はおかっぱの髪を振り乱し、あえぎにあえいだ。上体を反らせてのけぞると、そのまま後ろに倒れそうになった。賢太郎の両膝をつかんで、なんとかバランスを保っている。

いやらしすぎる光景に、賢太郎は脳味噌が沸騰しそうなほど興奮した。ぐっと前に出張らせた股間でペニスを咥えこんでいる果歩子の姿は、身も蓋もないものだった。ずんずんと下から突きあげるたびに、アーモンドピンクの花びらがめくれ、巻きこまれていくのが見えた。正常位では、いくら彼女の両脚をひろげても、ここまであからさまに結合部を拝むことはできない。

しかも、深く突けるから、果歩子はやがて、手放しで乱れはじめた。真っ赤に染まった顔をくしゃくしゃにして、ひいひいと喉を絞ってよがり泣いた。

賢太郎は手応えを感じていた。彼女がここまで乱れているのは、間違いなく初めてだった。

「あぁっ、いやっ……いやいやいやいやいやあああぁーっ！」

ぎゅっと眼をつぶり、しきりに首を振りながら、切羽つまった声をあげる。

「イッ、イッちゃうっ……イッちゃいますっ……そっ、そんなにしたら、イッちゃいますううぅーっ！」

もちろん、イッていただいてかまわなかった。

果歩子が乱れていくほどに、賢太郎はペニスが硬くなっていくのを感じた。普段より太さが増し、長くなったような感覚まであった。長大化したペニスで、いちばん深いところを執拗に突きあげた。女の穴は奥にいくほど狭くなっていて、そこに亀頭をねじこんでいく感覚が気持ちがよくてしかたがない。

果歩子はもうあえいでいなかった。迫りくるオルガスムスに身構え、息をとめているからだった。

黒いガーターベルトの巻かれた腰が、ガクガクと震えはじめた。セパレート式のストッキングからはみ出した真っ白い内腿が、ぶるぶると震えていた。賢太郎にはまだ余裕があったが、果歩子は限界に達したようだった。

「イッ、イクッ！」

声は絞りだすような低いものだったが、黒いセクシーランジェリーに飾られた裸身は躍動した。見たこともない激しさで五体の肉という肉を痙攣させ、ひろげた股間を、ビクンッ、ビクンッ、と跳ねさせた。

あまりに勢いよく跳ねたので、咥えこんでいたペニスがスポンと抜けた。割れ目の奥に、ペニスの形をした空洞が見えたのも興奮したが、次の瞬間、想定外のことが起こった。一本の放物線が、賢太郎の胸に向かって飛んできた。

果歩子が失禁したのである。

「いっ、いやあああっ……いやあああああーっ！」

いくら羞じらったところで、女の放尿は途中でとめられない。賢太郎の胸にかかったゆばりは体の下まで垂れて、シーツをびしょびしょに濡らした。それでもまだとまらない。延々と漏らしつづけている。

果歩子は泣いていた。号泣だった。恥ずかしがり屋の彼女はきっと、心を千々に乱しているに違いなかった。

賢太郎は雄心を猛《たけ》らせた。果歩子をひとりにしてはならないと思った。彼女だけに恥をかかせていると、事後に気まずい空気が待っている。想像しただけで、汗が冷たくなるような……。

放尿が終わるなり、賢太郎は果歩子の下半身を引き寄せた。いささか乱暴にやってしまったが、失禁するほど激しい絶頂に達したばかりの果歩子は、なすがままにこちらに股間を近づけてきた。

イキたての女の花に、ためらうことなく唇を押しつけた。放尿したばかりでも、果歩子のものなら汚いなんて思わなかった。クリトリスに唇を押しつけたまま、顔を激しく左右に振った。舌を差しだし、夢中になって舐めまわした。

「あああああーっ！　はぁあああああーっ！」

果歩子はもう、ほとんど半狂乱だった。クンニの刺激に全身を震わせ、よがりによがった。花びらを口に含んでしゃぶりまわしていると、また放尿が始まった。賢太郎は迷わず飲んだ。セックスの最中に漏らしてしまう女も恥ずかしいが、漏らしたものを喜々として飲んでいる男もまた、かなり恥ずかしい存在に違いない。

果歩子はひとりではなかった。

自分たちは一対の夫婦だった。

「いっ、いやっ……いやいやいやっ……イッ、イッちゃいますっ……そんなにしたら、またイッちゃううううーっ！」

ビクンッ、ビクンッ、と腰を跳ねさせて、果歩子は二度目の絶頂に駆けあがっていった。ゆばりを漏らしながらイキまくっている妻の姿は、神々しくさえあった。彼女が欲しかった。欲しくて欲しくて休ませてやる気遣いもできないまま、賢太郎は正常位で貫いた。

煮えたぎるような激情に、果歩子も応えてくれた。賢太郎の体にしがみつき、意識を失う寸前まで、何度も何度も恍惚《こうこつ》の彼方《かなた》にゆき果てていった。

第五章　すべて抱きしめて

1

翌日、賢太郎はいつもより三時間以上も早い午前八時四十分に店に行った。

清々しいとまでは言えないが、気分は吹っ切れていた。日課の掃除を念入りに行なえば、もっと気持ちがシャンとするのではないかと思って早く出勤した。大掃除くらいの勢いで、店中をピカピカに磨きあげてやるつもりだった。

昨夜は小料理屋でぬる燗を八本も飲んでしまい、カウンターを抱きかかえるようにして寝ていたところ、

「お客さん、看板ですよ」

白髪まじりの主人に起こされた。カウンターで寝てしまったことなど初めてだったので、何度も詫びを言ってから帰ってきた。近所の店で醜態《しゅうたい》をさらして恥ずかしかったが、帰り道には鼻歌を歌っていた。

夢で果歩子に会えたからだ。夢で見ただけでこんなにも気持ちが満たされるなんて、自分は本当に彼女のことが好きだったのだと思った。

これで……よかったんだろうな……。

生まれて初めて経験した失恋のことを考えると胸が痛んだけれど、綾乃とはセックスをしていない。口内射精を果たしたり、手コキでイカされたりはしたけれど、体を重ねてひとつになったわけではない。まだぎりぎり一線は越えていないと言っていいだろう。

そうであるなら、引き返すのはいましかなかった。天国の果歩子も、それを望んでいるような気がした。

愛する女に望まれて、応えなければ男がすたる。

生涯に愛した女はひとりだけ。初めてできた恋人と童貞と処女で結婚し、彼女しか女を知らずに死んでいく——きっとそれでいいのだろう。

「よし、やるか……」

掃除をはじめようとすると、カランコロンとドアベルが鳴った。

誰かが店に入ってきた。

綾乃だった。

白いコックコート姿ではなく、部屋着のようなゆったりしたグレイのワンピースを着ていた。

まさか辞表を出すつもりなのかと賢太郎は身構えたが、

「ゴミを出しに外に出たら、マスターの後ろ姿が見えたので……」

綾乃は下を向いて気まずげに言った。申し訳なさげな表情で、チラッとこちらを見る。辞表を出すような雰囲気ではなかった。私服で髪をおろしているせいもあり、女らしさが漂ってくる。

いったいどうしたのだろう……。

ドクンッ、ドクンッ、と高鳴り始めた心臓の音を聞きながら、賢太郎がなにも言えないでいると、

「ひとつ、訊いてもいいですか？」

綾乃が上目遣いで訊ねてきた。

「……なっ、なんだい？」

「マスターの奥さんって、どういう人だったんですか？」

「どういうって……」

いったいなにを言いだすのだろうと思いながら、賢太郎は答えた。

「まあ、極めて普通の人だよ。控えめで、おとなしくて、裁縫したり本を読んだりするのが好きで、猫よりも静かな感じだったな……」

そのくせセックスだけは激しかったとは、もちろん言えなかった。最初からそうだったわけではないが、初めての騎乗位で失禁するほどイッてからは、乱れることを恐れなくなった。

「わたしとは正反対ですね？」

「まあ……そうかもしれないね……」

賢太郎は曖昧にうなずいた。本当は、正反対だとは思っていなかった。たしかに、容姿も性格も全然違う。果歩子は可愛いタイプで、綾乃は美人タイプ。果歩子は働くことより余暇を大事にしていたが、綾乃は腕のある職人である。

だが、どこかに似ている部分があるような気がする。それがなにかは、賢太郎にもわからなかったが……。

「昨日はごめんなさい……」

綾乃が深く頭をさげた。

「もう誘わないでほしいなんて、ひどいこと言っちゃって……」

「いや……」

「なんていうかわたし、胸の中がぐちゃぐちゃになって、わけがわかんなくなっていたみたいで……」

冗談まじりに、また誘ってもいいの？　と言ってもよかった。男と女の関係でなくても、同じ店で一緒に働く仲間ではある。時には食事の席をともにするくらいのことはあってもいい。

だが、なにも言えなかった。綾乃がぐちゃぐちゃになった胸の中から、必死になって言葉を絞りだそうとしていたからだ。

「メイド服を着たとき、実はわたし、すごく舞いあがっていたんです。ジロジロ見られたり、写真を撮られるのが苦手なのは本当なんですけど、あの日は……あんまりみんなが褒めてくれるんで気持ちがよくなっちゃって……でも、あのメイド服は奥さんが残してくれたものじゃないですか？　お店が終わった途端、そのことを思いだして……なんだかわからないけど涙が出てきて……気がついたらラブホテルにいて……わたし、なんかもう奥さんに申し訳なくて……」

賢太郎は衝撃を受けていた。

自分はどうやら、大いなる勘違いをしていたらしい。

昨日、彼女が自分を拒んだのは、満足のいくセックスができなかったからではなかったのだ。

亡妻に対して申し訳ない――それはつまり、それほど本気でこちらを愛している、ということではないだろうか？

心が揺らいだ。今度はこちらの胸がぐちゃぐちゃになった。つい先ほどまで、果歩しか女を知らずに死んでいってもいいと思っていたのに、目の前の女を放っておけなくなってしまった。

「亡くなったご主人は……」

逆に質問した。

「どういう感じの人だったの？」

「えっ……それは……」

綾乃は眼を泳がせた。

「中古自動車の営業マンでした。明るくて、スポーツが好きで、休みの日にはアウトドアって感じ……甘えん坊、だったかな。わたしのほうがひとつ年上だったから、姉さん女房っぽく振る舞ってたこともあって……」

自分とは正反対だ、と賢太郎は言いそうになった。しかし、きっと正反対ではないのだろう。表面的なことはともかく、どこかに共通点があるような気がした。確かめようがなかったが、間違いないという確信があった。

店内に差しこんでくる清らかな朝陽を浴びている綾乃が、急にキラキラと輝いて見えた。隠しきれない好意が伝わってくるようだった。

彼女はおそらく、自分と仲直りがしたくて、いまのような話をしてくれたのだろう。いや、以前よりも一歩も二歩も踏みこんだ、深い関係になることを望んでいるような気がする。

そうであるなら、こちらも態度を決める必要があった。ただの従業員として働いてもらうのか、それとも……。

「もしよかったら……」

賢太郎は言った。

「これから、うちに来ない？」

「えっ……」

綾乃が不思議そうに眼を丸くする。

「いや、その……うちに来れば、妻のことがもっとよくわかると思って……亡くなってから、彼女のものは全然片づけてないんだ……どうしても片づけられないっていうか……よかったら見にこない？」

それを見せることでなにを伝えたかったのか、賢太郎にもよくわからなかった。ただ、知ってもらいたい気がした。果歩子がどんな女で、ふたりでどんな生活を送っていたのか……。

「でも、これからって……」

綾乃は壁にかかった時計を見た。

「時間は……まだ九時前だから大丈夫ですか？」

「ああ、すぐ戻ってくれば仕事に支障はないよ……」

賢太郎はうなずき、綾乃をうながして店を出た。

2

賢太郎の家は一戸建ての3LDKだ。

十一年前、三十代の終わりに建売を新築で買った。リビングの窓が大きく、陽当たりがいいところが気に入った。隣が公園なので窓からは緑がよく見え、午後になると子供たちが遊ぶ声が聞こえてくる。

賢太郎はソファに寝転んでいるのが定位置で、果歩子はロッキングチェアに座って本を読んでいることが多かった。

メイド服づくりに熱中するようになってからは、業務用のミシンやトルソーをもちこみ、部屋のあちこちに布がかかっていたりして、リビング全体がアトリエのようになった。賢太郎は果歩子が裁縫をしているところを眺めているのが好きだったので、まったく問題はなかった。

「うわあ、すごい。デザイナーさんのアトリエみたい」

リビングに通すと、綾乃は眼を見張った。

「すごい本格的にやってたんですね。これならあのメイド服の完成度も納得できます。ミシンもよさげなのが置いてあるし……」

「もう裁縫する人間がいないんだから、片づけるべきなんだけどね。三年経っても手がつけられない……」

賢太郎は溜息まじりに言った。綾乃には「全然片づけてない」と言ったが、本当は少し片づけた。この部屋に、果歩子の写真はなかった。生前は、結婚式の写真をはじめ、旅行に行ったときの写真などを額縁に入れて飾ってあったのだが、写真を見ると泣いてしまうので納戸にしまった。

「そっちの部屋に、完成品がありますよ……」

リビングに隣接している六畳間を、ウォーク・イン・クローゼットにリフォームしてあった。

「ひとつ、綾乃さんに見てもらいたいメイド服があるんです……」

果歩子がつくった最高傑作だ。店にもっていったメイド服は黒や紺のワンピースだが、在庫の中にひとつだけ、モスグリーンのメイド服があった。上質なヴェルベットのような、光があたる角度によって光沢が出るワンピース。夫の自分にも値段が言えないと果歩子が墓場まで秘密をもっていったくらい、高価なビンテージの生地を使っている。

綾乃になら似合いそうだった。

というか、綾乃のためにあつらえたとしか思えない、エレガントなメイド服だった。綾乃は恥ずかしがり屋なので着てはくれないだろうが、見るだけでも見てもらいたかった。そうすれば、なんとなく綾乃と果歩子の共通点が理解できるような気がした。果歩子が最高傑作と胸を張っていたメイド服が、綾乃にぴったりなのだから、綾乃にもきっとなにかが伝わるだろう。

ところが……。

クローゼットのドアを開けた瞬間、賢太郎は凍りついたように固まった。いちばん目立つところにあるハンガー掛けに、一着のメイド服がぶらさがっていた。目当てのものではなかった。

半袖・ミニのメイド服、しかも色がピンク——さすがに安っぽい感じではないが、秋葉原あたりのメイドカフェで見かけるようなアニメチックなやつだった。しかもエロい。長袖・セミロングのメイド服と比べると、布の面積が三分の一くらいしかない。屈んだだけでパンツが見えそうなほどスカートが短い。正確には白くてひらひらしたパニエというアンダースカートの裾が見えるはずだが、スカートの中が見えることには変わりない。

リサとマキがよけいなことを言ったせいだった。

自宅のクローゼットに半袖・ミニのメイド服を隠していることを若いふたりに見透かされてしまい、確認してみたのだ。あれほどふたりが着たがっているのだから、もう少しおとなしいデザインであれば店にもっていこうと思っていた。

しかし、あらためて見てみても、溜息しか出なかった。こんなものは絶対にダメだと思った。店の経営がどれだけ窮地に追いこまれようと、娘のような年ごろの若い女の子に、こんなにエロいメイド服を着せるわけにはいかない。

「これ……店にあるものとずいぶんテイストが違いますね……〈アンナミラーズ〉の制服みたいっていうか……」

綾乃がボソッと言い、

「いやいや、そんなことはないだろう……」

賢太郎は苦笑もできなかった。はっきり言って、〈アンナミラーズ〉の制服なんて相手にならないほど、そのメイド服は露出度が高かった。〈アンナミラーズ〉の制服は、屈んだだけでパンツなんて見えない。

「見せたかったのはこれじゃないんだ。これじゃなくて……えぇーっと……」

クローゼットの中をいくら探してもモスグリーンのメイド服が見つからず、パニックに陥りそうになった。

クリーニングに出したままだったろうか？　ここから出したものは、もう全部引きとっているはずだが……。

「あのう……これ着てみてもいいですか？」

綾乃がピンク色のメイド服を指差して言ったので、

「えええっ！」

賢太郎は自分でも引くほど大げさに驚いた。

「メッ、メイド服なんて、着たいの？」

「もちろん恥ずかしいですけど、ここはお店じゃないし……」

綾乃は親指の爪を噛みながら上目遣いを向けてきた。なにか言いたげだった。あなたにはもっと恥ずかしいところを見せているでしょ、と思っているかどうかはわからなかったが、たしかに裸は見ている。

「いやいやいや、でも、どうせ着るなら……他にもっといいやつが……ええーっと、ええーっと……」

クローゼットに残っている長袖・セミロングタイプのメイド服は、店にもっていったものよりコンディションがよくなかった。カビのあとがついていたり、補修が必要だったりする。モスグリーンの最高傑作は別格として温存し、保存状態がいいものを上から十四着選んでもっていったのである。

半袖・ミニタイプは三着ほどあるが、こちらのコンディションは上々だった。ただ、果歩子も半ばおふざけでつくったので、露出度が高いだけではなく、アニメチックなだけでもなく、デザインが砂糖をたっぷりまぶしたお菓子のように甘い。なにしろ、ピンクのミニワンピに胸当てのあるふりふりの白いエプロンなのである。ブリッ子アイドルならともかく、三十五歳の未亡人に似合うとは思えない。

しかし……。

綾乃も綾乃で、なにか思惑があるようだった。果歩子の残したメイド服を着て、妻のことを理解したいというか、妻を感じてみたいというか……。

「カチューシャはこれですね。あっ、ストッキングは新品ですけど、おろしてもいいですか？」

勝手に小物を物色しはじめると、

「それじゃあ、ちょっとリビングで待っててください」

賢太郎はクローゼットから追いだされた。

クローゼットから出てきた綾乃をひと目見るなり、賢太郎はソファから立ちあがった。

彼女は美人だから、それほどおかしなことにならないだろうというほのかな期待もあったのだが、さすがに三十五歳の未亡人にアニメに出てくるメイドさんのような格好は、ギャップがありすぎた。

綾乃が着ているピンク色のメイド服は、つやつやした光沢のあるサテンの生地を使っている。特徴的なのは肩が丸いパフスリーブで、胸当てのある大きな白いエプロンにはこれでもかとフリルがついている。さらに長い両脚には真っ白いセパレート式ストッキング。ストラップレスなのが救いと言えば救いだが、スカートが短すぎてパニエの裾が完全にはみ出していた。

「どうですか？」

綾乃がくるりとまわると、ひろがったスカートの中で、パニエの白いひだひだが揺れた。いまにもパンツが見えてしまいそうで、暴力的にエロかった。その証拠に、平静を装っている綾乃の顔も、真っ赤に染まっている。

眼のやり場に困った。

もっと困ったのは、痛いくらいに勃起してしまったことだった。

それを誤魔化すために、ソファに座り直した。幸いなことに、手の届くところに小さなクッションがあったので、それで股間を隠してしまう。

「わたし……」

綾乃がゆっくりと近づいてきた。賢太郎の視線は、彼女の太腿にぶつかった。ひらひらしたパニエの裾と、セパレート式の白いストッキングの隙間から、柔らかそうな腿肉が見えている。勃起が熱い脈動を刻みはじめる。

「マスターのこと、好きになっちゃダメですか？」

か細い声でささやかれ、

「あっ、いや……」

賢太郎はクッション越しに勃起しきったペニスを押さえつけた。言葉を選ばなければならなかった。欲望のままに振る舞ったら、取り返しのつかないことになりそうだった。コホン、と咳払いをひとつしてから、言った。

「実は……私も昨日いろいろと考えたんだ。正直、綾乃さんのことを憎からず思っている……いやもう、はっきり好きだと言ってもいい……ただ……ただね……私はたぶん……亡くなった妻のことを、一生忘れられない……」

綾乃は黙っている。

「それでも……いいかい？」

きっぱりとうなずいた。

「わたし、亡くなった奥さんごと、マスターを愛しますから……」

綾乃は自分に言い聞かせるように言うと、自分で自分の体をぎゅっと抱きしめた。

いや、果歩子のつくったメイド服を抱きしめた。

賢太郎の胸は熱くなった。綾乃が苦手なメイド服を着たのは、いまの台詞を言うためだったらしい。

「すっ、座れば？」

ソファの隣をポンポンと叩くと、綾乃は腰をおろした。ミニ丈の裾がひろがりすぎていた。ショーツ一枚に包まれたヒップがソファに直接あたっているかもしれないと思うと、息が苦しくてたまらなくなった。

綾乃を見た。ピンク色のメイド服を着たアニメのヒロインのような姿が、現実感を奪っていく。それ以上に、彼女のほうから求愛された事実が、激しい眩暈《めまい》を呼び起こす。なんだか夢でも見ているような気分である。

眼が合うと、綾乃はぎりぎりまで瞼を落とした。細めた眼の奥で瞳を潤ませながら、唇を差しだしてきた。

キスをした。唇と唇を軽く触れさせるだけのつもりだったが、気がつけば舌と舌がからまりそうなほど情熱的なディープキスになっていた。

3

賢太郎の自宅のリビングは東向きに窓があるので、午前中の陽当たりがすこぶるいい。照明なんてつけなくても物がくっきりと見えるし、夏場など室内にいても日焼けしてしまうくらいだ。

そんなところでセックスを始めるのは、勇気が必要だった。男の自分はべつにいいが、綾乃に恥ずかしい思いをさせてしまうのではないかと心配だった。

しかし、当の綾乃のほうが、しがみついて離してくれない。キスを交わしながら、すがるような眼で見つめてくる。ねっとりと潤んだ瞳から、欲情だけが生々しく伝わってくる。告白をしてキスを交わし、あとはセックスしなくてなにをするのだと言わんばかりだ。

成熟した大人の女として、当然の欲求かもしれない。

賢太郎としては、せめてカーテンを引きたかったが、ここで席を立ってしらけた空気になってしまうのが怖かった。

他にもまだ問題はある。

賢太郎は綾乃の肩を抱いていたが、メイド服というのは服越しの愛撫をためらわせる。レースやビーズがふんだんについているから、欲望のままにまさぐれば破損させてしまう恐れがあるし、腰なんてコルセットのような複雑なデザインになっている。上半身には触りたくない……。

その一方で、下半身はひどく無防備だった。パニエがはみ出すほど丈が短いので、太腿が半分以上見えている。両脚を守っているのは、白いセパレート式のストッキングだけ。

右手は自然と、下半身に向かっていった。相手はメイドの格好をした三十五歳の未亡人――愛撫を進めると、途轍《とてつ》もなくいやらしい光景を拝むことになりそうだったが、欲情しきった眼つきでこちらを見つめている綾乃は、部屋が明るすぎることも、年に似合わないメイド服を着ていることも、すでに気にしていないようだった。

脚を撫でた。

膝上一〇センチほどまでは白いストッキングに包まれているから、ざらついたナイロンの感触がした。その上に、生身の太腿が露出している。指を這わせていく。やたらとプニプニしていて、ちょっと触れただけで息がとまった。

脚を開こうとすると、さすがに抵抗した。しかしそれも一時的なもので、綾乃は何度か深呼吸をすると、脚から力を抜いていった。

賢太郎はゆっくりと両脚をM字に開いていった。だが、パニエの白いひだひだがスカートの中にびっしり詰まっているので、ショーツが見えなかった。見えそうで見えない状況ほど、雄心を揺さぶるものはない。

賢太郎は紳士面《づら》をかなぐり捨てて、床に座った。ソファの上で両脚をひろげている綾乃を、血走るまなこで凝視した。

「あああっ……」

綾乃は恥ずかしそうに両手で顔を覆ったが、「やめて」とも「見ないで」とも言わなかった。

賢太郎はパニエの白いひだひだを丁寧に掻き分け、奥をのぞきこんだ。下着がすぐに見つからなかった理由がわかった。綾乃が股間に食いこませていたのは、真っ白いショーツだった。レースや刺繍で飾られているわけでもなければ、シルクのような高級素材でもない、プレーンな……。

三十五歳にもなって真っ白いパンツはいかがなものか？

一瞬とんでもないブリッ子なのかと疑惑を抱いてしまったが、考えてみれば彼女は包丁人である。板前や鮨屋の大将が白い下着を好むという話を聞いたことがあるので、そういうセンスなのかもしれない。なにより、半袖・ミニのメイド服に、白いショーツはよく似合っていた。色のついた下着より、清潔感がある。

パニエの白いひだひだと格闘しながら、股布を凝視した。こんもりと盛りあがった小丘の下に、卑猥な縦皺が寄っていた。中でもいちばんくっきりしている一本の筋を、指でなぞっていく。

「んんんっ……」

綾乃がくぐもった声をもらした。すりっ、すりっ、と指でなぞるほどに、身をよじり、腰をくねらせる。

ピンク色のメイド服はアニメの世界から飛びだしてきたようでも、それを着ているのは生身の女だった。それも、性感がもっとも熟れている三十五歳。やりたい盛りにひとり寝を余儀なくされていた未亡人……。

「あおおっ……あおおおっ……」

顔に似合わない、低いあえぎ声がいやらしかった。

ショーツ越しの愛撫で、早くもスイッチが入ったらしい。縦筋を執拗になぞりたてていると、身をよじりすぎてバランスを崩した。ソファの上でうつ伏せになってしまったので、賢太郎はすかさず両膝を立てさせた。

四つん這いである。その格好なら、両脚を開いているより、スカートやパニエをめくりやすかった。ショーツをおろすと、真冬の月のように白く冴えわたった尻丘が姿を現した。

でっ、でかい……。

いやらしすぎる光景に、賢太郎は生唾を呑みこんだ。こんなに尻が大きいなら、パニエなんていらないのではないかと思った。

綾乃にソファの背もたれを抱えるようにさせ、こちらに尻を突きださせる。尻の穴から女の花まで剝きだしにされた綾乃は、いやいやと身をよじって羞じらった。しかし、バックからだと眼が合わないので、こちらも大胆になれる。

賢太郎は右手を上に向けて、両脚の間に忍びこませていった。じっとりと湿っぽい淫らな熱気が、指にからみついてくる。中指にヌメヌメした花びらが触れる。まだ口を閉じているようだったが、中指を尺取虫のように動かしてやると、新鮮な蜜がどっとあふれてきた。

「あおおっ……はぁおおおっ……」

綾乃はソファの背もたれにしがみつき、羞じらいに身悶えている。けれども、決して尻は引っこめない。もっと触ってとばかりに突きだして、賢太郎に眼福を与えてくれる。

指でいじっているところはよく見えないが、尻の穴はすっかり全貌を露わにしていた。可愛くて、綺麗なアヌスだった。色素沈着が少なく、セピア色と薄紅色のグラデーションがたまらない。

思わず舐めてしまうと、

「ダッ、ダメですっ！」

綾乃は尻尾を踏まれた猫のような顔で振り返った。

「そっ、そこはっ……そんなところっ……舐めないでっ……」

いまにも泣きだしそうになっている綾乃を、賢太郎は真顔で見つめ返した。許してやるつもりはなかった。綺麗な顔をしていても、綾乃は人並み以上に欲求不満を抱えている。やりたい盛りに夫を亡くしてもう五年——心から同情してしまう。

そうであるなら、遠慮がちなセックスなんかで許されるわけがない。身も心も溶けあうようなセックスをして、彼女の本性を暴きたい。頭が真っ白になるほど乱れさせ、イキまくらせてやりたい。

それでこそ、男と女の契りではないか。

「おっ、お願いっ……お願いしますっ……そこは汚いから舐めないでっ……」

いくら哀願したところで、彼女の熟れた性感帯は賢太郎の手の中にあった。花びらの合わせ目を辿っていけば、見ないでもクリトリスの位置は特定できる。彼女のそれは豆粒大もあるから、すぐに探しあてることができた。

ねちねち、ねちねち、クリトリスを撫で転がしながらアヌスを舐めまわしてやると、綾乃はもう、言葉を継げなかった。ひいひいと喉を絞ってよがり泣き、身をよじるばかりになる。

トドメを刺すように、賢太郎はびしょ濡れの肉穴に指を入れた。中で指を鉤《かぎ》状に折り曲げ、Gスポットを押してやる。左手ではクリトリスをいじっている。アヌスももちろん舐めつづけ、時折ぐっと舌先をねじこんでいく。

「あああっ、ダメッ……ダメですううっ……」

切羽つまった声をあげてソファの背もたれにしがみつき、アヒルのように大きな尻を激しく振りたててくる綾乃は、牝の匂いをむんむんと放っていた。

ピンク色のメイド服の中で、発情の汗をたっぷりとかいていそうだった。あふれた蜜が内腿を濡らし、白いセパレート式ストッキングを汚していたが、おかまいなしでよがりによがる。

このままイカせることができそうだ——賢太郎は手応えを感じていた。

しかし、彼女はまだ、本性を見せきっていない。五年間も溜めこんでいた欲求不満を、この程度で晴らせるはずがない。

「……あふっ」

肉穴に埋めた指を抜き、愛撫を中断すると、綾乃は気の抜けたような声をもらした。

そう簡単にイカせてやるつもりはなかった。あお向けに体勢を反転させると、パニエの白いひだひだの中に顔を沈めこむようにして、前からのクンニを始めた。

「ああああーっ！」

綾乃の声が甲高く跳ねあがり、腰がビクビクと痙攣する。

「むううっ……むううっ……」

賢太郎は自分の鼻息が荒々しくなっていくのを感じた。

パニエのせいで視界は遮《さえぎ》られているが、白いひだひだの中に発情した牝の匂いがこもっており、眩暈がするほど興奮した。

綾乃の大きなクリトリスは、目視できなくてもすぐに見つかった。

唇を押しつけてチューチュー吸うと、ジタバタと手脚を動かした。本当は背中を反り返したいのだろうが、後ろに背もたれがあるのでできないのだ。

「ああっ、ダメッ……ダメダメダメええええーっ！」

バンバンバンッ、と肩を叩いてきた。

「イッ、イッちゃうっ……そんなにしたらイッちゃいますううーっ！」

女というのは不思議なもので、本当はイキたいのに、イキそうになると途端に焦りだす。本当はイキたいのに……。

賢太郎はクンニを中断し、パニエの中から顔を出した。

「えっ？　ええええっ？」

綾乃が呆然とした顔を向けてきた。イキたかったのにイケなかった女の顔が、そこにあった。

4

もう何回イクのを焦らしただろうか。

ザ・和風美人と言っていい瓜実顔の清楚な美貌は生々しいピンク色に染まりきり、汗の粒がびっしりと浮かんでいた。

賢太郎は途中でスーツを脱ぎ、ネクタイもはずしていたが、綾乃はメイド服を着たままである。半袖のミニとはいえ、上半身はレースやビーズでデコレイトされた生地でぴったりと包みこまれているから、内側の熱気は大変なものだろう。

もちろん、いちばん熱気を放っているのは、白いパニエに隠されている女の花である。舐めてはいじり、奥まで指で掻き混ぜたそれは、すでにトロトロに蕩《とろ》けきって、ちょんちょんと軽く触れるだけで猫がミルクを舐めるような音がたつ。

「あああっ……はぁあああっ……」

綾乃の表情は熱でもあるかのようにぼうっとし、けれども時折、ぎりぎりまで眼を細めて、すがるように見つめてくる。

「いっ、いじわるしないでっ……」

震える声で言った。

「イカせてほしいのかい？」

「ううう……」

「指と舌、どっちでイキたい？」

「いっ、いやですっ……そんなのいやっ……もっ、もう欲しいっ……賢太郎さんがっ……欲しいっ……」

その言葉が聞きたかったのだ、と賢太郎はうなずいた。一瞬、マキにもらったバイアグラが脳裏をかすめた。年を考えると飲んだほうがいいような気もしたが、イチモツは痛いくらいに硬くなって、ズキズキと熱い脈動を刻んでいる。まるで三十代に戻ったような勢いである。

バイアグラなんて必要ない——そう判断して、体に残っていた服を脱いだ。そそり勃《た》ったペニスを綾乃に見せつけるように、仁王立ちになった。

綾乃は開いた脚を閉じることもできないまま、呆然とこちらを見上げてきた。可愛いメイド服に似つかわしくないほど、濃厚な色香が漂ってくる。勃起したイチモツに力がみなぎる。彼女こそが俺のバイアグラだと思う。

「上になってもらってもいい？」

綾乃はしばらく眼を泳がせていたが、やがてコクンとうなずいた。

メイド服を着せたまままぐわうのなら、騎乗位がいちばんいいように思われた。半袖・ミニ、しかもピンク色のメイド服を彼女が着る機会なんてもう二度とないだろう。ならば、この眼にしっかりと焼きつけておきたい。いやらしすぎる格好で乱れに乱れ、絶頂をむさぼるその姿を……。

それに、綾乃は抜群のフェラテクの持ち主である。きっと騎乗位もうまいだろうという予感に、興奮の身震いがとまらなくなった。

賢太郎がソファに横たわると、綾乃がおずおずとまたがってきた。紅潮した顔を恥ずかしそうにそむけている。白いカチューシャをしているせいで、羞じらいがより鮮明に見える気がする。

ただ……。

ミニスカートの中にパニエのひだひだがびっしり詰まっているので、肝心な部分がなにも見えない——失敗したかもしれないと思った。パニエだけでも脱いでもらったほうがよかったのではないかと……。

しかし、綾乃はかまわずペニスをつかみ、切っ先を濡れた花園に導いていった。もう一秒だって我慢できないと顔に書いてある。

「わたし、生理不順でピル飲んでますから……中で出しても大丈夫です……」

思いがけず中出しの許可が出たのを喜ぶ暇もなく、綾乃は眉根を寄せて、腰を落としてきた。表情が成熟した大人の女そのものなので、頭につけた白いカチューシャとのギャップがすごい。もちろん、ギャップはエロスの源泉である。ピンク色のメイド服と相俟って、すさまじい破壊力だ。

「んんっ……んんんっ……」

綾乃の中は、よく濡れていた。すんなり入りそうなのに、すんなり入れないところが三十五歳の未亡人だった。愛撫であれほど焦らしたのに、まだ自分を焦らすようにゆっくりと結合する。少し入れては腰をあげ、まるでペニスをしゃぶりあげるようにしながら、じわじわと結合を深めていく。

賢太郎は唸った。いやらしいほどヌメりの強い肉ひだだが、ペニスに密着し、舐めるようにこすれあっていた。入口付近で亀頭を出し入れされると、奥から蜜があふれてきて、肉竿の表面にタラタラと垂れる。完全に結合する前に、こちらの陰毛がびしょ濡れになりそうだ。

「あおおおーっ！」

綾乃は最後まで腰を落としきると、大きく息を吐きだした。ずっと顔をそむけたままだったが、チラリとこちらを見た。なんとも複雑な表情をしていた。ようやくひとつになれたという安堵、これから訪れるであろう快楽への期待、そして乱れすぎてしまうことへの不安……。

「んんんっ……んんんっ……」

腰を動かしはじめた。パニエに股間を隠されていても、いやらしい腰使いなのは伝わってきた。

クイッ、クイッ、と股間をしゃくるようにして前後に動き、リズムに乗っていく。ピンク色のメイド服を着ているからまるでダンスを踊っているようだが、表情だけは悩殺的にいやらしい。メイド服じみたステージ衣装で踊るアイドルにはあり得ない、熟れた色香が匂いたつ。眉根を寄せた顔の中で、羞恥と快楽が交錯している。

「あおおっ……はぁおおっ……はぁあああーっ！」

腰使いに熱がこもっていくと、綾乃は羞じらっていられなくなった。ずちゅっ、ぐちゅっ、と卑猥な肉ずれ音がたっても、ピッチを落とすことができない。むしろますます勢いに乗って、下にいる男を翻弄《ほんろう》してくる。

「ぐぐっ……」

賢太郎は歯を食いしばって首にくっきりと筋を浮かべた。あまりの気持ちよさに、顔が燃えるように熱くなっているのを感じた。綾乃の中はヌメヌメして、彼女が腰を振るほどに密着感があがっていった。まるでバキュームフェラをされているように、吸引力も強い。

だが、やたらと気持ちがいいのは、綾乃のせいだけではなかった。

彼女が腰を振るたびにパニエが揺れ、白いひだひだが、さわさわっ、さわさわっ、と下半身を撫でるのだ。

内腿、さらには睾丸の裏あたりが、気持ちがよくてしかたがない。パニエを着けた騎乗位に、こんないやらしい副産物があったなんて驚きである。まるで下半身の敏感なところを、いくつもの柔らかい羽で撫でられているみたいだ。

まだ射精に至るまでは余裕があったが、このまま一方的に翻弄されているのはうまくないと思った。

最悪のシナリオは、彼女をオルガスムスに導く前に出してしまうこと——口内射精に手コキに早漏では、もはや言い訳のしようがない。今日という今日は、綾乃を先にイカせなくては男の面子《めんつ》丸潰れである。

秘策があった。

できれば温存しておきたい手だったが、判断が遅れると取り返しのつかないことになるかもしれない。

賢太郎は綾乃の両膝をつかみ、立てさせた。左右の太腿を下から支え持ち、M字開脚にうながした。

パニエに隠れて股間はやはり見えなかったが、結合感は深まった。賢太郎も両膝を立て、下から連打を送りこんでいく。全体重のかかっている綾乃の股間を、ずんずんっ、ずんずんっ……。

「はぁっ、はぁおおおおーっ！」

綾乃が白い喉を突きだしてのけぞった。バランスを崩しそうになり、あわてて両手を後ろにまわす。賢太郎の立てた両膝をつかみ、股間を出張らせた格好で、かろうじてバランスを保つ。

懐かしい体位だった。

のけぞっての開脚騎乗位は、果歩子がこよなく愛した体位である。

三十歳で騎乗位に開眼した果歩子はやがて、自分で腰を使って何度でもイケるようになったが、彼女が上になった場合、最後はかならずこの格好になっていた。死ぬほど恥ずかしいらしいが、そんなことがどうでもよくなるくらい気持ちがいいと言っていた。

「ああっ、いやっ……あああっ、いやあああっ……」

下からの連打に乱れはじめた綾乃は、パニエで結合部が隠れているから、死ぬほど恥ずかしくはないだろう。

しかし、ここから先が秘策中の秘策である。結合部に熱い視線を注ぎこむかわりに、賢太郎はパニエの中に右手を突っこんだ。見えなくても、急所の位置はだいたいわかっている。ペニスを挿入している状態であれば、なおさらだ。

「ひっ……」

綾乃の顔色が変わった。賢太郎の親指が、クリトリスをとらえたからだった。ずんずんっ、ずんずんっ、とペニスで突きあげては、ねちねち、ねちねち、と敏感な肉芽を撫で転がす。さらには左手でパニエをチラリとめくって、結合部をまじまじとむさぼり眺める。

「ひぃいいいーっ！　ひぃいいいいいいーっ！」

カチューシャの位置がずれてしまうほど、綾乃は激しく首を振った。顔色は真っ赤に染まって、くしゃくしゃに歪んでいた。にもかかわらず、体勢を崩そうとはしなかった。むしろ必死にバランスをとって、下からの連打を受けとめる。クリトリスをいじりまわしてやるほどに、耳や首筋まで真っ赤に染まっていく。

「ダッ、ダメッ……ダメですっ……」

限界が訪れたらしい。

「もっ、もうイクッ……イッちゃうっ……あっ、綾乃、イッちゃいますっ……イクイクイクイクッ……はっ、はぁあああーっ！」

ビクンッ、ビクンッ、と腰を跳ねあげて、綾乃はオルガスムスに駆けあがっていった。あまりに激しく腰を跳ねさせたので、スポンとペニスが抜けた。次の瞬間、生温かい感触がじわっと下半身にひろがっていった。

異変を感じた賢太郎がパニエをめくると、一本の放物線が胸に向かって飛んできた。失禁してしまったらしい。

「いっ、いやあっ……おっ、おしっこが……いやあーっ！」

綾乃は羞恥に歪んだ涙声をあげたが、女の放尿は途中ではとめられない。賢太郎の胸は、あっという間にびしょびしょになった。綾乃はびっくりするほど大量のゆばりを放出し、流れ落ちたそれがソファを経由してフローリングの床に水たまりをつくっていく。

「ああっ、いやっ……こんなのいやあああっ……いやあああああーっ！」

「むうっ！」

賢太郎は両手で綾乃の尻をつかみ、強引に引き寄せた。放尿中の部分に唇を押しつけ、飲んだ。ためらうことなく嚥下《えんげ》して、ゆばりの勢いが弱まってくると、クリトリスを舐めまわした。

「あおおおおーっ！　ダッ、ダメッ……ダメダメダメッ……イッちゃうっ……そんなことしたらまたイッちゃううううーっ！」

綾乃は浮かした腰をガクガクと震わせながら、連続絶頂に突入した。

5

「はっ？　臨時休業？　なに言ってるですか、マスター。そんな話、うちら全然聞いてませんよっ！」

電話の向こうでリサが金切り声をあげた。

「いや、その……言ってないから聞いてないだろうねえ。突然休むことになったから、臨時休業というか……」

しどろもどろに賢太郎は答えた。壁にかかった時計の針は、そろそろ正午を指そうとしていた。〈喫茶メイド・クラシック〉のオープンする時刻である。

にもかかわらず、賢太郎は全裸だった。綾乃のゆばりにまみれたまま、勃起までしていた。

「ねえねえ、マスター。無断欠勤は大人のすることじゃないって、どの口が言ってたんでしたっけ？」

スマホをスピーカーにしているらしく、マキも割って入ってきた。

「いや、だから、いま連絡してるじゃないか……」

「もう営業開始の時間ですけど！」

「お店の前には七人の行列！」

「本当に申し訳ないけど、お客さんには事情を話して出直してもらってくれよ。可愛いキミらが謝れば、大事には至らないだろうからさ……あと、入口に臨時休業の貼り紙もしておいてくれる？」

気まずい沈黙があった。

「……この貸しは大きいですからね」

いまにも舌打ちしそうな口調でリサが言い、

「貸しは絶対返してもらいますから、倍にして」

マキも吐き捨てるように言って電話は切られた。どれだけ生意気な口をきかれても、文句は言えなかった。今度ばかりは、悪いのはこちらだ。

まったく……。

楽しい時間というものは、あっという間に過ぎ去っていくものらしい。

店を出たのは午前九時前で、一時間くらいで戻るつもりだったのに、気がつけば正午になっていた。綾乃が失禁した直後にふたりから電話が入らなければ、仕事のことなどすっかり忘れて淫らな行為に溺れたままだったかもしれない。

「もうやだ……もうやだ……」

綾乃は床に膝をつき、ゆばりで濡れたソファや床を雑巾で拭っている。完全に取り乱していたが、賢太郎は余裕綽《しゃく》々《しゃく》だった。こういう状況には慣れている。果歩子もよく失禁する女だった。

「大丈夫だよ。そのソファ、合成皮革だから、濡れてもカビたりしない」

「でも……大事なメイド服も汚してしまいました」

綾乃は泣きそうな顔で服の汚れをチェックする。

「クリーニングに出せば、綺麗になって戻ってくるよ」

パニエはびしょびしょになっていたが、本体はそれほどでもないだろう。たとえ被害が甚大でも、綾乃の漏らしたものならかまわない。

そんなことより……。

続きがしたかった。綾乃は盛大にイッたけれど、こちらはまだゴールに辿りついていない。綾乃にしても、まだまだ何度だってイケるはずだ。失禁したことで、むしろブーストがかかるに違いない。

「とりあえず、脱ごうか……」

賢太郎は綾乃に身を寄せていき、位置のずれてしまっているカチューシャを頭からはずした。続いて、エプロンも取る。ワンピースの背中のホックをはずし、ファスナーをおろす。ボディラインにぴったりとフィットしているメイド服を、果物の皮を剝くようにして脱がせていく。

「シャワー、貸してください……」

全裸になった綾乃は、胸と股間を隠しながら上目遣いで言った。彼女は下半身が、賢太郎は上半身が、ゆばりにまみれたままだった。

「そんなの、あとでいいよ」

綾乃の手を取って二階に向かった。

二階には夫婦の寝室がある。四十代半ばを過ぎ、あまりセックスをしなくなっても、賢太郎と果歩子はダブルベッドで一緒に寝ていた。賢太郎はいまでも、そのベッドを使っている。

「シーツは、洗濯済みのものに替えようか……」

綾乃の顔色をうかがいながら、恐るおそる言った。ここではセックスしたくない、と言われるかもしれないと覚悟していた。

しかし、綾乃は首を横に振ると、賢太郎に身を寄せてきた。素肌と素肌がぴったりと密着した。メイド服を着ていたときには感じられなかった、ぬくもりが心地よかった。

「言ったじゃないですか……わたし、亡くなった奥さんごと、賢太郎さんを愛するって……」

視線と視線がぶつかった。賢太郎にしても、綾乃の亡くした夫ごと、彼女を愛するつもりだった。

言葉にせずとも、気持ちは伝わったようだった。お互いに吸い寄せられるようにして、唇が重なった。ふたりともすぐに口を開き、情熱的に舌をからめあった。淫らな音がたち、唾液が長い糸を引いた。

両手も動きだした。賢太郎が両手で尻丘を撫ではじめると、綾乃は勃起しきったペニスをつかんだ。

すりすりとしごかれた。必然的に、尻の双丘をつかんでいる賢太郎の手にも力がこもり、丸みを帯びた尻肉にぐいぐいと指を食いこませる。綾乃が体をあずけてくる。豊満な乳房がこちらの胸で押しつぶされ、それもすくいあげて揉みしだく。

ベッドに移動した。

横になっても、綾乃はペニスを離そうとしなかった。フェラチオがしたい、と彼女の顔には書いてあった。衝撃的な口内射精に導かれた綾乃のバキュームフェラを思いだすと、賢太郎の口の中には生唾があふれてきたが、それ以上にクンニリングスがしたかった。

フェラかクンニか——童貞と処女ではないので、ジャンケンで決める必要はなかった。どちらも舐めたいなら、一緒にすればいいだけだ。

綾乃をうながし、横向きでシックスナインの体勢を整えた。女性上位のそれも悪くないが、賢太郎は横向きのほうが好きだった。女の両脚をひろげられるし、ペニスを舐めている顔だって拝むことができる。

綾乃の草むらは、蜜とゆばりでぐっしょりと濡れ、岩海苔《のり》のように小丘に貼りついていた。その下では、アーモンドピンクの花びらが蝶々のような形に口を開き、薄桃色の粘膜が見えている。薔薇のつぼみのように渦を巻いている肉ひだが、ひくひくと熱く息づいていた。早く入れて、と挿入を催促しているようだ。

「あああっ……」

クリトリスを舌先で転がすと、綾乃が声をもらした。失禁するほどイッたばかりのせいか、敏感になっているようだった。肉芽自体も包皮からすっかり顔を出し、いつもより大きくふくらんでいる。

ねちねち、ねちねち、という舌の動きに合わせて綾乃は身をよじりながら、ペニスを頬張ってきた。勃起しきった肉棒を口内粘膜でぴったりと包みこみ、ゆっくりと唇をスライドさせはじめる。

「むううっ……」

賢太郎は鼻奥でうめいた。

バキュームフェラというより、気持ちが伝わってくるフェラチオだった。それもやはり、先ほど一度イカせたせいかもしれない。綾乃の唇の使い方はまるで、失禁するほどの絶頂を与えてくれた男の器官に礼を言い、愛《め》でているようだった。

賢太郎もクリトリスを愛でた。なめらかな舌の裏側でやさしく舐め転がしては、唇を押しあてて吸いたてた。花びらを口に含んでしゃぶりまわし、薄桃色の粘膜に何度も何度も舌を這わせた。

寄せては返す波のように、お互いの体に快楽が行き来した。シックスナインはある意味、性器を結合させるより愛を確かめられる行為だと思った。

いつまでも舐めあっていたかったが、次第に我慢できなくなってきた。

綾乃が欲しかった。

次の体位はもう決めていた。

シックスナインの体勢を崩し、綾乃の両脚の間に腰をすべりこませていく。

正常位である。

ペニスの切っ先を濡れた花園にあてがうと、上体を覆い被せた。息のかかる距離で綾乃と見つめあい、けれどもあえて口づけは我慢する。

「いくよ……」

「はい」

綾乃がうなずいた。まなじりを決したような表情をしていた。

賢太郎は息をとめ、腹筋に力を込めて腰を前に送りだした。

「うっ……くっ……」

綾乃の顔が歪んでいく。その顔をしっかりと見つめながら、賢太郎はじわじわと結合を深めていった。綾乃も見つめ返してくる。視線と視線がぶつかりあい、からまりあう。

綾乃の中はよく濡れて、ヌルヌルとすべった。先端を入れただけでたまらなく心地よく、浅瀬でねちっこく動かしてしまう。

ぬちゃっ、くちゃっ、と早くも音がたった。狭い入口に、カリのくびれが引っかかる刺激がたまらない。

「んんんっ……くぅううっ……」

こちらを見つめる綾乃の眼が細くなり、瞳が潤んでいく。両手を賢太郎の背中にまわし、ぎゅっとしがみついてくる。

強い力だった。もっと奥まで欲しいらしい。

ならば——賢太郎は奮い立った。

「あぁおおおおーっ！」

ずんっ、と突きあげると、綾乃は白い喉を突きだした。豊満な乳房をこちらの胸にこすりつけるようにして、身をよじった。

それでもすぐに、視線を戻して見つめてくる。潤んだ瞳から、いまにも涙がこぼれ落ちそうだ。

賢太郎は、満を持してキスをした。唇と唇が触れあう前から、綾乃は口を開いて舌を差しだしてきた。やさしくしゃぶってやった。ねっとりと舌をからめあいながら、腰を動かしはじめた。

まずはスローピッチで、結合の感触を噛みしめた。ヌメヌメした肉ひだが、カリのくびれにからみついてきた。締まりも抜群だった。

おかげで自然と、ピッチがあがっていった。気がつけばリズムに乗って、連打を放っていた。

「あああーっ！」

綾乃はキスを続けていられなくなり、したたかにのけぞった。

突きだされた乳房を、賢太郎は鷲《わし》づかみにして揉みしだいた。

丸々と実った三十五歳の肉房は、搗《つ》きたての餅のように柔らかく、手のひらの中でも揺れはずむ。

さらにあずき色の乳首も口に含むと、綾乃の体をむさぼっている実感がこみあげてきた。

一瞬、悪いことをしているのではないかと思った。

愛の確認作業だなんて格好つけて言っているけれど、これはただの排泄行為ではないのか？　綾乃が好意を寄せてくれるのをいいことに、彼女の体を使ってオナニーしているだけではないか？

しかし、むさぼっているのは賢太郎ひとりではなかった。綾乃が背中に爪を食いこませ、両脚を腰にからみつけてきた。

お互いの体を密着できるところまで密着させ、賢太郎はさらに腰を動かすピッチをあげた。

パンパンッ、パンパンッ、と激しい音がたった。ほとんどフルピッチで腰を回転させ、怒濤の連打を送りこんだ。

バイアグラに頼ろうとしていたのが嘘のように、ペニスは硬くなっていた。ずぶずぶと綾乃を貫くほどに、あとからあとからエネルギーがこみあげてきた。男としての自信が蘇ってくるようだった。

「もっとっ……もっとくださいっ……」

綾乃が潤んだ瞳で見つめてくる。

「とってもいいのっ……気持ちいいのっ……だからもっとっ……」

賢太郎は応えた。息をとめ、渾身のストロークで綾乃を翻弄した。いくらペニスが硬くなっていても、五十歳の体力である。無茶はできないと思ったが、無茶をせずにはいられないほどの熱狂に駆りたてられていた。

「ああああっ、いいーっ！　おっ、奥まで来てるっ……いちばん奥まで届いてるううううーっ！」

綾乃はひいひいと喉を絞ってよがり泣き、賢太郎の背中を掻き毟ってきた。ミミズ腫れになりそうな勢いだったが、痛くはなかった。その刺激がむしろ、ペニスをますます硬くする。内側から爆発しそうなくらい興奮が高まっていく。

「ダッ、ダメッ……もうダメッ……」

綾乃がすがるように見つめてくる。眼の下が真っ赤に染まっている。

「もうイクッ……イッ、イキそうっ……」

賢太郎はうなずいた。焦らすつもりはなかった。賢太郎もまた、限界に達しようとしていたからだ。

抱擁に力を込め、腰を振りたてた。ずちゅっぐちゅっ、ずちゅっぐちゅっ、と卑猥な肉ずれ音を撒き散らして、綾乃をしたたかに貫いた。

絶頂寸前の綾乃はますます締まりを増し、男の精を吸いとろうとしてきた。眩暈にも似た陶酔感を覚えながら、賢太郎はペニスに意識を集中した。すさまじい一体感に息もできない。

これはオナニーなんかじゃないと思った。

ふたりはこんなにもひとつになっている。

快楽によって、魂までもしっかりと結びついている。

「ああっ、イクッ……もうイッちゃいますっ……」

綾乃が切羽つまった声をあげた。カチューシャのない髪をざんばらに振り乱して、半狂乱であえいでいる。

「イクイクイクッ……綾乃、イキますううううーっ！」

「こっちもだっ！」

賢太郎は叫ぶように言った。

「こっちもっ……こっちも出るっ……」

「ああっ、出してっ！」

綾乃が眼を見開いて叫び返してくれる。

「くっ、くださいっ！　中にくださいっ！」

「出すぞっ、出すぞっ、中で出すぞっ……うおおおおーっ！」

賢太郎は雄叫びをあげ、最後の一打を打ちこんだ。灼熱がペニスの芯を走り抜け、痺れるような快感に全身を打ちのめされた。ドクンッ、ドクンッ、と射精するたびに、身をよじらずにはいられなかった。恍惚があとからあとからこみあげてきて、体中が小刻みに震えていた。

「イッ、イクッ！　イクウウウウーッ！」

こちらをしっかりと見つめながら、綾乃も果てた。ビクンッ、ビクンッ、と腰を跳ねさせて、賢太郎の背中を掻き毟りながら、肉の悦《よろこ》びにのたうちまわった。

「おおおおーっ！　うおおおおおーっ！」

オルガスムスに達した瞬間、綾乃の穴はぎゅっと締まり、内側の肉ひだという肉ひだが生き物のように蠢いて、射精中のペニスに吸着してきた。おかげで、放出しながら腰を動かしてしまった。出しても出しても射精は終わらず、ペニスごと綾乃の中に吸いこまれてしまうのではないかと思った。

ハアハア、ハアハア、と息をはずませた。

すべてが終わっても勃起がおさまらず、結合をとけなかった。

いや、綾乃を離したくなかった。

綾乃もこちらにしがみついたまま離れない。

お互い、荒ぶる呼吸に口を閉じることもできないまま、キスを交わした。

舌をからめあい、唾液を啜りあいながら、ずっと見つめあっていた。

できることなら、この先も永遠に見つめあっていたかった。

エピローグ

リサとマキにつくった借りは、ずいぶんと高くついた。

彼女たちにとっては念願の、賢太郎にとっては断固拒否したかった「オムライスの日」が、月に一度、定期開催されることになってしまったのである。

オムライスを出すだけではなく、それにケチャップで絵を描くだけではなく、ふたりは半袖・ミニのメイド服を譲らなかった。

「百歩譲ってオムライスはいいよ、オムライスは……」

賢太郎はもちろん抵抗した。

「でも、メイド服はいつも通りでいいんじゃないかなあ……」

「えっ？　そんなこと言うなら、うちらにも考えがありますよ」

「臨時休業の日、マスターがなにしてたかあててあげましょうか」

賢太郎は言葉を返せなくなった。

ふたりは異常に勘がいい。尻尾はつかまれていないはずだが、よけいなことを言われて綾乃と気まずくなるのを避けたかったので、渋々ながら半袖・ミニのメイド服を店にもっていった。

ワンピースの色は黒だった。ピンク色のものを見せたら、リサとマキで奪いあいになりそうだったが、あれは綾乃専用だ。二度と着てくれないかもしれないが、他の女に着せるつもりはない。

「うわー、これこれ」

「やっぱりメイドはこうでなくっちゃ」

試着したふたりは満面の笑みではしゃいでいたが、賢太郎は胸が痛かった。半袖・ミニのメイド服を着たリサとマキはエロかった。綾乃の場合は年齢とのギャップでエロかったが、ふたりの場合はただエロい。二十歳の太腿がまぶしすぎて、眼のやり場に困ってしまう。

それだけでもずいぶんな心労だったのに、

「わたしもその日だけ、メイドさんになってホールで働こうかしら……」

綾乃がそんなことを言いだした。

「ミニスカートは無理だけど、セミロングのやつなら……」

「えーっ、いいじゃないですか」

「綾乃さんSNSで大人気だから、宣伝しとけば行列間違いなしですよ」

リサとマキがノリノリでおだてるので、賢太郎は頭を抱えたくなった。

綾乃だって、本当はメイドの格好などしたくないのだ。

しかし、綾乃の真意が「亡くなった妻ごと自分を愛する」ところにあることはわかっていた。その覚悟の現れだと思うと、口を挟むことはできなかった。

ただ、綾乃までメイドになるとなると、問題は厨房だった。

料理担当のコックがメイド服を着てホールに出てしまって、いったい誰がオムライスをつくるのか？

賢太郎がやるしかなかった。

大正時代創業の老舗洋食店の味など再現できるわけがなかったが、チキンライスは綾乃があらかじめつくって、ジャーで保温しておくことができる。あとは卵焼きだけだから、綾乃に指導してもらって、一週間の猛特訓をした。

かくして「オムライスの日」がやってきた。その日、〈喫茶メイド・クラシック〉の前には五十人を超える行列ができた。

腰が抜けそうなほど驚いた。

人気ラーメン店の新店舗オープンではないのだ。郊外の小さな喫茶店でこんなことがあるのかと、自分の眼を疑った。

行列が長くなりすぎて近隣の人から苦情がきたが、メイド服姿の綾乃が丁寧に頭をさげると、苦情を言いに来た本人までが行列に並ぶ有様だった。

相席をお願いして、すべての席に客を入れた。

リサはツインテールに髪を結っていた。ショートカットのマキまで、ツインテールのウィッグを被っている。そんなふたりがパニエのはみ出したミニスカートを揺らしながら登場すると、ホールも揺れた。ふたりの太腿を凝視した自称コミュ障オタクなど、失神しそうな勢いで興奮していた。まるでライブ会場のような歓声と拍手が飛びかい、オープン時にかならずかけることにしている『愛のセレナーデ』がまったく聞こえなくなった。

ふたりの思惑通り、三千円のオムライスは飛ぶように売れた。

ケチャップお絵描き担当のマキは大忙しで、「ラブ・ラブ・ラブ・チュッチュ」「ラブ・ラブ・チュッチュ」とそこら中で言っていた。「おかえりなさいませ、ご主人さま」も耳にタコができるほど聞かされた。

発案者のリサとマキはもちろん張りきっていたし、もはや常連と言っていいようなふたりのファンも大挙して駆けつけてきたが、その日の写真撮影のいちばん人気は、意外にも綾乃だった。

理由の一端は、モスグリーンのメイド服にある。果歩子の最高傑作だ。あの日どうしても見つからなかったそれは、やはりクリーニングに出したままになっていた。高価な生地を使っているため、仕上がりに時間がかかっていたのである。

「若い子もいいけど、やっぱり綾乃さんには敵わないなあ……」

鼻の下を伸ばしただらしない顔でツーショット写真におさまっているのは、主に中年以上の客だった。近所のくたびれた中年男たちも、もちろんいた。

「エレガントだよ、エレガント。眼の保養になる」

「ミニスカートは眼のやり場に困るしねえ」

「若い子には羞じらいがないからなあ。その点、熟女は羞じらいがあっていい」

それを聞いたリサとマキは、

「羞じらいがなくて悪かったですねぇー」

「若いとこんなこともできちゃうんですよぉー」

客に向かってスカートをまくり、腰を振った。パニエの白いひだひだの奥に、ピンクと水色のショーツが見えた。丸い小尻をすっぽりと包みこんだそれには、「満員御礼」のバックプリント……。

「馬鹿もんっ！」

賢太郎は雷を落としたが、

「落ちついてマスター。大きな声を出しちゃダメ」

綾乃にたしなめられ、しかたなく説教は後まわしにした。夫婦のように寄り添うふたりを、リサとマキがニヤニヤ笑いながら指差してきた。


（了）

※本作品はフィクションです。作品内の人名、地名、団体名等は実在のものとは関係ありません。

長編小説

はじらい未亡人《みぼうじん》喫茶《きつさ》

草凪《くさなぎ》 優《ゆう》

2022年4月11日　初版第一刷発行

ブックデザイン……………………… 橋元浩明(sowhat.Inc.)

発行人……………………………………………後藤明信

発行所……………………………………株式会社竹書房

〒102-0075　東京都千代田区三番町8－1

三番町東急ビル6F

email：info@takeshobo.co.jp

http://www.takeshobo.co.jp

印刷・製本………………………中央精版印刷株式会社

竹書房文庫　好評既刊

長編小説

再会のゆうわく妻

草凪 優・著

人妻となった元カノと艶めく再会!

時を越えて絶頂…追憶エロス巨編

会社を辞めて当てのない旅に出た尾形明良は、福井の港でひとまわり年下の元彼女・架純と偶然再会する。架純は人妻になっていたが、夫婦の性生活に不満を抱えており、尾形に甘い誘いを掛けてくる。さらに福井からフェリーで渡った北海道では、結婚まで考えた元彼女・七瀬を夜の街で見かけて…!?

定価 本体700円+税